Frauke Angel

Das tut weh und ist schön

Frauke Angel
wurde 1974 im Ruhrgebiet geboren. Sie ist ausgebildete Schauspielerin und arbeitete 20 Jahre an deutschen Bühnen, zudem als Putzfrau, Verkäuferin, Grabpflegerin, Schweißerin, Bardame, Luftgitarristin und Ghostwriterin. Seit 2012 ist sie freie Autorin. Für ihre Erzählungen wurde sie bereits mehrfach ausgezeichnet.
Frauke Angel lebt nach knapp 30 innerdeutschen Umzügen mit ihrer Familie heute in Dresden.

ISBN 978-3-7026-5941-7
1. Auflage 2020

Einbandgestaltung: Sören Grochau

Druck und Bindung: Buch Theiss GmbH, A-9431 St. Stefan

Frauke Angel

Das tut weh und ist schön

Jungbrunnen

Für unsere schönen Mütter und ihre starken Kinder

AM ENDE DES WINTERS

Es ist so weit.
Wie lange habe ich mich vor diesem Tag gefürchtet.
Doch heute hat die Angst keinen Platz zwischen uns.

Brunhilde sagt, die meisten Menschen gehen erst dann, wenn man sie gehen lässt. Sie warten darauf, dass man sich kurz zur Mathe-Nachhilfe verabschiedet oder in der Teeküche Wasser aufsetzt. Dann schleichen sie sich heimlich davon.
Aber das stimmt nicht.

Ich bin hier.
Ich bin bei dir, Jessica.
Ich und unsere ganze Familie.

Carlotta weint leise.
Gerlinde öffnet das Fenster.
Draußen riecht es nach Frühling.

HEDI SAGT

EINS

„Du bist die schönste Mutter auf der ganzen Welt!“
Mama liegt in der Badewanne, lacht und behauptet, das sagen alle Töchter von ihren Müttern. Aber das stimmt nicht. Meine Freundin Tilda findet ihre Mutter nicht schön. Und Tildas Mutter ist auch nicht schön. Sie ist nur mächtig groß und nach unten mächtig dick. Tildas Mutter sieht aus wie ein Weihnachtsbaum, nur ohne Lichter. Meine Mama ist zart wie eine Birke und glänzt. Und das nicht nur, wenn sie sich nach dem Baden mit Mandelöl einreibt.

Ich liebe es, Mama beim Baden zuzusehen. Das war schon immer so. Während sie in der Wanne mit sehr viel Schaum ihre Haare wäscht und mit noch mehr Schaum und Papas Klinge ihre Beine rasiert, sitze ich, in ihren Duft gehüllt, auf dem Klodeckel und wir unterhalten uns über Frauendinge. Dabei bin ich noch gar keine richtige Frau, aber wenn ich mal eine werde, will ich unbedingt genauso aussehen wie Mama. Sie meint, das könnte klappen, aber ich bin mir da nicht so sicher. Zurzeit sehe ich jedenfalls nicht aus wie eine zarte Birke, sondern mehr wie ein gestutzter Buchsbaum. Aber Mama tröstet mich. Sie sagt, spätestens in der Pubertät wird sich das auswachsen. Immerhin haben wir jetzt schon die gleichen rotblonden Locken, die gleichen Sommersprossen und die gleiche helle Haut. „Elfenhaut“, schwärmt Papa, der sich in Mamas Elfenhaut verliebte, gleich als er sie zum ersten Mal sah.

Ich denke ja, dass Papa sich auch gleich in Mamas Busen verliebt hat. Denn Mamas Busen ist wunderschön. Ich hoffe, dass meiner auch einmal so aussehen wird. Aber noch ist davon leider nicht viel zu sehen. Gar nichts sogar, wenn ich ehrlich bin, und ich gucke mir meine Brüste inzwischen wirklich jeden Tag und ganz genau im Spiegel an. Denn wenn meine so groß werden sollen wie Mamas, dann müsste eigentlich langsam mal was losgehen bei mir. Doch Mama behauptet, auch das hat noch Zeit. Brüste benötigt eine Frau schließlich erst, wenn sie ein Kind hat, das sie stillen möchte. Aber bevor ich überhaupt ein Kind haben kann, brauche ich erst mal meine Regelblutung. Und auch ein Schulabschluss könnte nicht schaden.

„Also was meinst du, Hedi", sagt Mama und lacht, „bis dahin haben deine Brüste noch genug Zeit zu wachsen, oder?"

Papa klopft und steckt seine Nase, ohne unsere Antwort abzuwarten, durch den Türspalt in unsere Angelegenheiten: „Wem wachsen hier Brüste, Lisbeth? Hab ich was verpasst?", scherzt er gespielt entsetzt, aber ich bin schneller und werfe die Klorolle nach ihm. Und natürlich treffe ich!

Papa ächzt zufrieden: „Da bin ich aber beruhigt, ich dachte schon, aus dir wird plötzlich ein Mädchen." Und bevor ich mir auch noch die Klobürste schnappen kann, ist Papa schon wieder verschwunden. Ich bin ein bisschen beleidigt, weil Papa sich über meine nicht vorhandenen Brüste lustig macht, dabei weiß ich, dass er es nicht böse meint. Trotzdem will ich langsam wieder einen Schlüssel fürs Badezimmer haben, und das sage ich jetzt laut und deutlich, damit er es bis in sein Arbeitszimmer hört! Mama taucht lächelnd im Schaum unter und ich weiß warum, aber ich möchte auch heute nicht darüber reden, weshalb ich den alten Badezimmerschlüssel aufgegessen habe. Zum Glück hakt Mama nicht weiter nach.

Stattdessen steigt sie aus der Wanne und rubbelt sich mit dem Handtuch trocken, bis ihre Haut dunkelrosa wird. Dann nimmt sie ihr Mandelöl und fängt an, sich einzureiben. Sie beginnt mit den Beinen, die sie gründlich nach Krampfadern untersucht, die sie natürlich nicht hat. Nur ein paar zarte blaue Linien verraten, dass Mama keine Elfe ist, sondern ein echter Mensch aus Fleisch und Blut.

Nach den Beinen kommt der Po dran, der fast keine Dellen hat, und danach der Bauch. Mamas Bauch ist allerdings ihr kleines Geheimnis, das sie im Sommer gerne unter einem Badeanzug versteckt. Denn rund um Mamas Bauchnabel schimmern dünne, helle Streifen wie ein Spinnennetz im Morgentau. In Wirklichkeit sind die Streifen Narben, die Mama von der Schwangerschaft mit mir zurückbehalten hat. Denn obwohl sie ihren Kugelbauch jeden Tag gründlich mit Mandelöl massiert hat, ist ihre zarte Elfenhaut an einigen Stellen gerissen. Papa behauptet, das sei völlig normal bei Elfenmüttern und außerdem nötig gewesen, damit sich meine außerordentliche Schönheit in vollen Zügen entfalten konnte. Mama findet ihre Narben nicht halb so poetisch, aber sie ist trotzdem der Meinung, dass es sich für meine Schönheit gelohnt hat.

Nach dem Bauch reibt Mama ihre Brüste ein. Sie verteilt das Öl zwischen den Handflächen und zieht auf dem Busen erst kleine, dann immer größere Kreise. Für ihre Brüste nimmt Mama sich besonders viel Zeit. Sie streicht über die Haut unter den Brüsten, damit die Abdrücke von ihrem Büstenhalter verschwinden. Und auch ihre Brustwarzen guckt sie sich im Spiegel immer ganz genau an.

Heute verrät sie mir warum. In der Schule hatte Mama näm-

lich eine Freundin, Imke hieß die, und der wuchsen in der Pubertät plötzlich Haare auf den Brustwarzen. Die Haare waren nicht besonders lang, aber dunkel und stur, beinahe wie kleine Borsten. Mama fand das interessant und eigentlich auch passend, weil ihre Freundin bisweilen ganz schön kratzbürstig sein konnte, aber Imke fand es einfach nur schrecklich, weshalb Mama ihrer Freundin half, die Haare einzeln und mit einer Pinzette herauszuziehen.
„Das muss schrecklich geschmerzt haben, denn Brustwarzen sind sehr empfindlich", erklärt Mama mir, dabei muss sie das gar nicht, das weiß ich nämlich auch ohne Brüste schon. Imke heulte trotzdem nicht, sondern biss tapfer die Zähne zusammen. Als Mama fertig war, glühten Imkes Brüste und Mama schmierte kalten Quark auf ihre Brustwarzen, weil sie damals nichts anderes im Kühlschrank von Imkes Mutter finden konnte.

„Und weißt du, was lustig ist, Hedi? Viele Jahre später, als du geboren warst und so wild an meinem Busen genuckelt hast, dass meine Brustwarzen sich entzündeten und ich dachte, meine Brüste würden explodieren, da schmierte unsere Hebamme auch kalten Quark auf meine Brüste! Weil das nämlich ein altes Hausmittel ist, das ich als Mädchen zwar noch nicht kannte, aber dennoch benutzte. Wir Frauen haben eben manchmal einfach ein gutes Bauchgefühl", betont Mama lachend und guckt heute trotzdem ganz genau, ob ihr nicht auch Haare aus den Warzen wachsen.
„Im Alter verändert sich das Haarwachstum nämlich", erklärt sie mir augenzwinkernd. „Da, wo wir gerne Haare haben, gehen sie aus, und wo wir keine haben wollen, fangen sie an zu wuchern." Mama beugt sich zu mir und legt ver-

schwörerisch den Finger auf die Lippen: „Das ist kein Hokuspokus. Musst nur mal ganz unauffällig in Papas Ohren gucken!“ Und dann kichert Mama, und das ist ansteckend.

Doch plötzlich wird Mama still. Sie starrt in den Spiegel und ich auch. Aber ich kann beim besten Willen kein Haar entdecken. Mama dreht sich vor dem Spiegel zur Seite, hebt leicht ihre Brüste an und wiegt sie in den Händen. Da ahne ich sofort was kommt, auch wenn wir das lange nicht mehr hatten. Und tatsächlich, Mamas Stimme klingt nachdenklich.

„Was meinst du, Hedi? Irgendetwas ist anders, oder?“

Von meinem Klositz aus habe ich jetzt nicht so den Durchblick, aber selbst wenn, hätte ich mich nicht getraut, ihr eine Antwort zu geben. Ich denke nämlich nicht, dass sich Mamas Brüste verändert haben. Ich denke, es sind noch genau dieselben wunderschönen Brüste wie gestern.

Ich weiß aber auch, dass Mama möchte, dass sich ihre Brüste verändern. Denn als sich ihre Brüste das letzte Mal verändert haben, war sie schwanger. Und Mama möchte sehr gerne wieder schwanger sein. Sie wünscht sich nämlich schon seit Jahren unbedingt ein Geschwisterkind für mich. Ich wünsche mir nicht unbedingt ein Geschwisterkind für mich. Ich wünsche mir, ehrlich gesagt, nur eine glückliche Mutter, die beim Frühstück nicht ins Leere starrt und beim Abendbrot weint, weil es mit dem Baby dann doch nicht geklappt hat.

Genauso war das nämlich beim letzten Mal, als Mamas Brüste sich verändert hatten, und das war überhaupt nicht schön, sondern furchtbar traurig. Ich erinnere mich noch ganz genau, obwohl es schon zwei Jahre her ist. Gleich

nachdem Mama in unserem Badezimmer festgestellt hatte, dass sich ihre Brüste verändert haben, rannte sie mit mir durch den Regen zu Frau Zisch. Frau Zisch ist Mamas Frauenärztin. Also eine Ärztin, die nur für Frauen und Frauenkrankheiten zuständig ist. Und auch für Frauengesundheiten natürlich, weil Schwangerschaft ja keine Krankheit ist. Nicht auf den ersten Blick zumindest.
Jedenfalls sah sich Frau Zisch Mamas Brüste an, aber weil sie, genau wie ich, keine Veränderung sehen konnte, machte sie einen Schwangerschaftstest.
So ein Test ist ganz einfach. Mama pinkelt in einen Plastikbecher und dann hält Frau Zisch ein Stäbchen rein. Wenn sich das Stäbchen blau verfärbt, ist man schwanger. Und Mama war schwanger. Aber noch nicht so schwanger, dass man was davon sehen konnte.
„Und schon gar nicht an den Brüsten", versicherte Frau Zisch kopfschüttelnd.

Doch Mama lachte nur und meinte, ihr Bauchgefühl habe sie noch nie getäuscht. Denn auch als sie mit mir schwanger war, habe sie das als Erstes an ihren Brüsten bemerkt, die dann nämlich etwas größer und härter wurden. Und so war das im Urlaub vor über zehn Jahren, als Mama einen Sommer lang schwer verliebt mit Papa durch die schwedische Natur wanderte, allerdings nur mit ihrem Bauchgefühl und ganz ohne Spiegel. Trotzdem wusste sie plötzlich und sicher, dass sie ein Kind bekommen würde.

Und genau das wusste sie vor zwei Jahren wieder und tanzte von Frau Zisch bis zu uns nach Hause mit mir durch die Pfützen, weil sie so unbeschreiblich glücklich war, dass

auf ihr Bauchgefühl immer Verlass ist und ich endlich ein Geschwisterkind bekomme.
Aber dann wurde doch nichts aus dem Baby. Im nächsten Monat bekam Mama nämlich ganz normal ihre Regelblutung. Und Regelblutung bedeutet: nicht schwanger. Obwohl ich mit acht eigentlich noch zu jung für ein Frauengespräch war, erklärte mir Frau Zisch, dass sowas passieren könne. Und es passiere sogar häufig, denn die ersten drei Monate einer Schwangerschaft sei es nicht sicher, ob sich das befruchtete Ei auch wirklich in der Gebärmutter der Frau einniste und dort wachsen könne. Wenn das mit dem Einnisten nämlich nicht klappe, werde das Ei wieder abgestoßen und man bekomme im nächsten Monat ganz normal seine Regelblutung. Die meisten Frauen merken also nicht mal, dass sie kurz schwanger waren und machen sich keine Gedanken.

Mama aber schon. Sie machte sich jeden Tag Gedanken. Darüber, was sie falsch gemacht habe. Ob sie zu arg durch die Pfützen gehüpft sei? Oder ob das Badewasser zu heiß gewesen sei? Irgendwann saß Mama nur noch da und grübelte. Sie sprach kein einziges Wort mehr mit uns. Bis ich heimlich bei Frau Zisch anrief und fragte, ob ich vielleicht was falsch gemacht hätte. Vielleicht hatte ich Mama zu arg gedrückt oder mich einfach nicht genug auf ein Geschwisterkind gefreut?

Aber Frau Zisch beruhigte mich und sagte, ich könne nichts dafür. Ein Kind komme nur, wenn es kommen wolle und der Körper der Frau bereit dafür sei. Und dass es hart für die Frau sein könne, diese Laune der Natur zu akzeptieren, gerade wenn sie sich so sehr ein Kind wünsche wie meine

Mutter. Aber zum Glück habe die ja mich und damit schon einen echten Volltreffer gelandet und ich solle ihr doch einfach kurz die Zeit geben, um mit der Situation zurechtzukommen.

Tatsächlich war die Zeit sehr kurz. Denn schon am nächsten Morgen starrte Mama nicht mehr ins Leere, sondern sah mich an und sagte: „Hedi, reichst du mir bitte mal den Honig?“ Danach wurden die Tage wieder süßer. Mamas Blick flackerte nicht mehr, wenn sie aus der Badewanne stieg. Sie rieb ihren Busen und auch ihr Spinnennetz ganz besonders zärtlich mit Mandelöl ein, und der Buchsbaum auf dem Klodeckel war ihr einziger Ableger und genug für eine glückliche Familie. So war das. Bis heute.

Heute flackert Mamas Blick wieder, aber nicht so, als wolle sie gleich mit mir zu Frau Zisch rennen. Sondern mehr so, als wüsste Mama selbst nicht, ob das mit ihrem Bauchgefühl noch hinhaut. Zuerst betrachtet sie ihre Brüste misstrauisch und von allen Seiten im Spiegel. Dann schließt sie die Augen und knetet jede Brust einzeln und vorsichtig noch einmal durch. So wie Hefeklöße, die schon aufgegangen sind, und die man nicht zu fest anfassen darf, weil sie sonst kaputtgehen. Und während Mama in sich reinschaut, schaue ich in den Spiegel und entdecke die erste Falte in ihrem Gesicht. Sie wächst aus dem glatten Nichts zwischen den Augenbrauen steil in die Höhe und zerschneidet ihre Stirn in zwei Teile.
Plötzlich hört Mama auf mit dem Geknete und dreht sich ruckartig zu mir um. Trotzdem zucke ich kein bisschen zusammen. Auch nicht, als sich ihre Stimme zu mir durch-

bohrt, fremd und messerscharf: „Hedi, das ist jetzt wichtig! Hör zu, ich habe einen Wunsch. Ich will, dass das erst mal unter uns bleibt, nur unter uns! Ein Frauengeheimnis, verstanden?"
Ich verschließe meinen Mund mit dem unsichtbaren Schlüssel, der unser Zeichen für Frauengeheimnisse ist, und stecke ihn in mein Herz.
„Versprochen!", flüstere ich heiser und mit Blick auf die Badezimmertür. „Aber ich hab auch einen Wunsch. Kann ich einen Busenhalter bekommen? Auch wenn ich erst zehn bin?"
Mama starrt mich an. Ihre Lider haben aufgehört zu zucken. Sie denkt nach. Aber nur kurz. Dann sagt sie: „Wir können dir ein Bustier kaufen. Das ist ein Büstenhalter ohne Bügel. Das drückt nicht. Und passt sich an." Und nach einem letzten Blick in den Spiegel entschlüpft der schönsten Mutter der Welt dann noch ein kleines Elfenlächeln: „Wer weiß, vielleicht kauf ich mir auch eins."

ZWEI

Ehrlich gesagt glaube ich, Papa wünscht sich auch nicht unbedingt noch ein Kind. Für ihn bin ich vollkommen ausreichend. Auch wenn ich ein Mädchen geworden bin. Eigentlich sollte ich nämlich ein Junge werden. Das hatte Papa sich gewünscht, und vor zehn Jahren hatte auch alles noch danach ausgesehen, behauptet er. Aber das ist nicht die ganze Wahrheit, sondern hauptsächlich die von Oma Gerlinde, die Papas Mutter ist und eine Schwäche für seltsamen Hokuspokus hat. Für Oma Gerlinde war sonnenklar, dass ich ein Junge werden würde, denn dafür gab es eindeutige Zeichen. Zum Beispiel, dass Mama nie schlecht war in der Schwangerschaft – Jungs machen keine Sperenzchen! Oder, dass Mamas Bauch so steil nach vorne wuchs wie eine Kugel – klare Sache, das wird ein Fußballer! Und zu guter Letzt mussten sogar Mamas Brüste für Oma Gerlindes Hokuspokus herhalten. Denn Oma Gerlinde behauptete steif und fest, wenn es ein Junge wird, wächst die rechte Brust stärker als die linke. Mama bemühte sich, Oma Gerlinde zu erklären, dass Brüste auch ohne Schwangerschaft nie genau gleich groß sind. Und dass Oma Gerlinde das am besten feststellen könne, wenn sie sich ihre eigenen mal genauer ansehe. Aber auf Ratschläge von Mama reagiert Oma Gerlinde empfindlich. Sie wechselte dann lieber das Thema. Lediglich „Papperlapapp" soll sie geknurrt haben. Das macht sie bis heute, wenn ihr etwas zu kompliziert oder peinlich wird. Und diese Frauendinge, die Oma Gerlinde „untenrum Sachen" nennt, auch wenn das unlogisch ist, weil Brüste ja obenrum wachsen, sind ihr eindeutig zu kompliziert. Wenn ein Mann anwesend ist, sind sie ihr sogar peinlich, selbst wenn der Mann ihr Sohn ist, der an ihrer eigenen Brust getrunken hat. Oma Gerlinde ist nämlich fest davon überzeugt, dass Männer „untenrum" nichts mitzureden haben.

Mama und ich meinen allerdings, dass Oma Gerlinde untenrum auch nichts mitzureden hat. Weil sie nämlich wirklich null Ahnung von Frauendingen hat, obwohl sie selber eine ist.

Sogar Papa, der seine Mutter trotz Papperlapapp-Geknurre sehr gern hat, kommt bei Oma Gerlinde manchmal ins Grübeln.

„Komisch ist es schon", sagt er dann, „dass jemand, der so wenig Ahnung von Mensch und Technik hat wie meine Mutter, so gut im Leben zurechtkommt."
Tatsächlich weiß ich nicht, wie gut Oma Gerlinde in ihrem Leben zurechtkommt, aber in meinem Leben kommt sie nicht so gut zurecht. Als ich geboren wurde und sie mich zum allerersten Mal im Krankenhaus sah, da fragte sie ihren Sohn, ob es sein könne, dass ich gar nicht sein Kind sei, sondern aus Versehen vertauscht worden sei. Papa war damals sprachlos, aber Mama kann darüber heute noch lachen. Und auch über Oma Gerlindes Blick, als sie ihr sagte, dass Papa sowohl bei meiner Zeugung als auch bei meiner Geburt anwesend gewesen und eine Verwechslung daher vollkommen ausgeschlossen sei.

Genauso wie Papa sich auf den ersten Blick in Mamas glatte Elfenhaut verliebt hat, hat er sich zum Glück auch in mein Knittergesicht verliebt. Papa hat nämlich gar nichts gegen Mädchen. Natürlich nicht. Papa hat nur was gegen Mädchenspielzeug. Von Puppen, Prinzessinnenbüchern und Glitzerpink wird Papa sogar richtig schlecht. Papa meint, das sei kein Spielzeug, das sei eine Krankheit. Zum Glück habe ich diese Krankheit nicht. Die meiste Zeit bin ich kerngesund.
Außer, wenn ich vom Klettergerüst falle und mit dem Rettungswagen ins Krankenhaus gebracht werden muss. Wobei ich mich da auch nicht besonders krank fühlte. Eher richtig schön blöd. Das Klettergerüst war nämlich mini, also eigentlich was für Kindergartenkinder. Aber weil weit und breit kein Baum herumstand, kletterte ich trotzdem hinauf. Ich wollte den Todessprung üben, den ich von mei-

ner Kastanie bestimmt schon fünfzig Mal überlebt habe, aber leider hatte ich Gummistiefel an und rutschte an der Metallstange kopfüber ab. Bis zum Boden waren es genau zwölf Zentimeter. Das hat Papa nachgemessen und in der Notaufnahme etwa zehnmal wiederholt. Geglaubt hats ihm aber keiner, das konnte man sehen. Weil ich nach den zwölf Zentimetern nämlich so bescheuert auf die Schulter gekracht bin, dass ich mir den Oberarm gleich zweimal sehr kompliziert gebrochen habe.
„Hui, wie hast du das denn geschafft?“, fragte mich der Arzt, nachdem er mein Röntgenbild gesehen hatte. Und dann holte er alle Ärzte, die er kriegen konnte, um ihnen das Unglaubliche zu zeigen. Was die anderen dazu sagten, bekam ich aber nicht mehr mit. Weil ich dann nämlich umkippte. Richtig dramatisch. Später erzählte Papa, ich habe ausgesehen wie Dornröschen, als es sich an der Spindel gestochen habe. Mit dem Unterschied, dass ich ein richtig schön verdrecktes Dornröschen war.
Aber das weiß ich, ehrlich gesagt, gar nicht mehr. Das Letzte, woran ich mich deutlich erinnern kann, war, dass es höllisch wehtat, den gebrochenen Arm auf den Röntgentisch zu legen. Und dass der Röntgenassistent Papa anpflaumte, er solle mal meine Mutter zum Händchenhalten holen, denn das Prinzesschen – also ich – würde sich zickig anstellen, typisch Mädchen halt.
Später entschuldigte sich der Röntgenassistent dann bei Papa, weil er ja nicht wissen konnte, dass ich mich gar nicht zickig anstellte, sondern einen hammermäßigen Doppel-Bruch hatte. Aber Papa antwortete, dass er es hammermäßig angebracht fände, wenn sich der Assistent bei Prinzesschen persönlich entschuldige und nicht bei ihm.

Nach der Operation, bei der mir die Ärzte vier Nägel in den Arm hämmerten, die länger waren als Oma Gerlindes Stricknadeln, kam der Assistent tatsächlich zu mir. Und er hatte sogar ein Geschenk dabei. Das war so ein Stickeralbum, wo ich mir Supertrendyglitzerglamourgirls zusammenkleben konnte. Papa glotzte, als sei ich gerade noch einmal vom Klettergerüst gefallen, aber ich flötete: „Oh wie toll – Dankeschön! Sowas hab ich mir schon immer gewünscht." Und weil mir Papas Gesichtslähmung so gut gefiel, schob ich gleich noch ein paar Ausdrücke hinterher, die Papa auch überhaupt nicht leiden mag, aber meine Freundin Tilda schon. Ich blätterte das Stickeralbum durch und quiekte bei jeder Seite „Beautiful!" und „So nice!" Der Röntgenassistent lief pink an und Papa machte die Schotten dicht, starrte auf seinen Laptop und arbeitete weiter an seiner neuen Idee.
Und das tat er dann die ganzen drei Wochen, die ich im Krankenhaus bleiben musste. Ich glaube beinahe, Papa freute sich richtig, dass er mich nerven konnte mit seiner Arbeit, ohne dass ich abhauen durfte. Auch wenn es ihm natürlich leidtat, dass mir vier Stricknadeln im Arm steckten. Angeblich um mich von diesem Elend abzulenken, klappte er immer wieder kurz seinen Laptop zu und fragte: „Guck mal, Hedi, was hältst du davon ...?", und schon war ich mittendrin als Testobjekt seines neuen Projektes. Dabei bin ich am liebsten draußen sein Testobjekt.

Papa ist nämlich Spielplatz-Designer. Und ein berühmter noch dazu, aber damit gebe ich nicht an. Weil alle Kinder, die ich kenne, das supertoll finden, nur ich nicht. Zum einen steh ich gar nicht mehr so sehr auf Spielplätze, auch wenn Papas schon ziemlich cool sind. Zum anderen arbei-

tet Papa natürlich nicht auf den Spielplätzen, wie die meisten glauben, sondern ganz banal in seinem Arbeitszimmer am Computer. Dort denkt er sich aus, wie sein neuer Spielplatz später aussehen soll. Konzept nennt sich das, und ein Konzept ist rein theoretisch. Und erst wenn Papas Theorie fix und fertig ist und irgendjemand mit einem Haufen Geld „So nice!“ oder „Beautiful!“ gequiekt hat, dann erst kommen die echten Bauarbeiter und bauen Papas Pläne nach. Denn das kann Papa nicht. Mama behauptet sogar, dass Papa zwei linke Hände hat. Aber meistens ist sie einfach froh, dass Papa überhaupt noch Hände hat.
Als ich sieben Jahre alt wurde, wünschte ich mir zum Geburtstag ein Baumhaus. Dazu zeichnete ich einen richtigen Bauplan, genauso, wie Papa das am Laptop macht, nur eben mit der Hand. Natürlich gab es Strickleitern und ein Schild, auf dem BETRETEN FÜR ELTERN VERBOTEN stand. Aber der besondere Clou meines Baumhauses sollte eine Luke werden, durch die man pinkeln und die man dann mit einem Brett wieder verschließen kann, damit man nicht ins Klo fällt. Doch das war vielleicht keine so gute Idee, denn bei dem Loch für das Klo sägte Papa sich dermaßen in den Fuß, dass er in der Notaufnahme mit fünf Stichen genäht werden musste. Ich war vielleicht bedient! Und sogar Mama hatte ausnahmsweise kein Mitleid. Sie schüttelte nur den Kopf und stöhnte: „Mit Flipflops geht man doch nicht auf eine Baustelle, Hanno!“
Papa bekam einen dicken Verband und einen Krankenschein. Ich bekam nur einen Kühlakku für meinen dicken Daumen, weil ich mit dem Hammer abgerutscht war. Aber dafür wurde mein BETRETEN FÜR ELTERN VERBOTEN-Schild wenigstens noch am selben Tag fertig.

Weil ich mit sieben aber schon ein helles Köpfchen war und kein bisschen so blöd wie die quiekenden Supertrendyglitzerglamourgirls aus dem Kinderfernsehen, von denen Papa Ausschlag bekommt, wurde mir am dritten Wochenende vor der Matschscheibe klar, dass unser Baumhausprojekt reine Theorie bleiben würde. Oma Gerlinde meinte zwar, es heiße nicht Matschscheibe, sondern Mattscheibe, aber wahrscheinlich hat sie auch noch nie drei Wochenenden lang Supertrendyglitzerglamourgirl-Fernsehen geguckt und dabei auf ihren Vater gewartet. Ich wurde davon jedenfalls matschig und nicht matt, sondern eher zornig. Deshalb stellte ich den Fernseher schließlich auf ultralaut, versteckte die Fernbedienung unter den Sofakissen und ging auf mein Zimmer. Dort nagelte ich das FÜR ELTERN BETRETEN VERBOTEN-Schild an die Kinderzimmertür, was Mama ausnahmsweise nicht besonders lustig fand.
Sie diskutierte so lange mit mir herum, bis Papa die Fernbedienung gefunden hatte und aus der Küche schwarzer Qualm zu uns hereinkam. Dann rannten wir zusammen zum Herd, wo Papa schon dabei war, Mamas Apfeltörtchen zu löschen. Mama riss alle Fenster in der Wohnung auf und verscheuchte zuerst den Qualm und dann uns. Papa und ich fuhren mit dem Auto in den Baumarkt, und dort kaufte Papa mir ein Baumhaus. So eines, das schon fix und fertig gesägt im Paket liegt, und das man nur noch zusammenschrauben muss. Das war zwar bei Weitem nicht so schön wie das auf meiner Bauanleitung, und eine Kloluke hatte es natürlich auch nicht, aber dafür stellten wir es noch am selben Tag gemeinsam hinter unserem Haus auf. Da, wo es außer uns keiner sehen konnte. Weil dem berühm-

ten Spielplatz-Erfinder die Aktion natürlich schon peinlich war, aber auch eine Inspiration für sein nächstes Projekt, das dann ein ziemlich abgefahrener Bauspielplatz wurde, allerdings ohne echte Sägen und mit Werkzeugen aus Gummi. Doch bevor Papa auf diese geniale Idee kam, servierte Mama uns zur Einweihung meines Baumhauses noch ihre neueste Kreation: Lisbeths Vulkantörtchen. Das sind kleine Kuchenberge mit Apfelspitzen, oben braun von Karamellzucker und extra ein kleines bisschen verbrannt. Wie immer und wie alles, was Mama sich ausdenkt: köstlich. Und genau das ist auch der Grund, warum ich am allerliebsten ihr Testobjekt bin. Meine Mutter schreibt nämlich Kochbücher. Dafür muss sie natürlich alle von ihr erfundenen Rezepte erst mal ausprobieren. Meistens an uns. Und meistens klappt das ausgesprochen gut. Denn obwohl Mama gar keine Köchin ist, mussten wir ihretwegen noch nie in die Notaufnahme. Was bestimmt an Mamas Bauchgefühl liegt und noch ein Grund dafür sein könnte, warum Papa sich in Mama verliebt hat. Denn Liebe geht durch den Magen. Davon ist sogar Oma Gerlinde überzeugt.

DREI

Weil ich kein Junge geworden bin, bin ich ein Mädchen geworden. Und deshalb werden mir auch Brüste wachsen, so viel steht schon mal fest. Alles andere wird sich noch zeigen, sagt Mama und damit meint sie, dass ich mir nicht den Kopf zerbrechen solle, wie mein Leben mal aussehen werde, denn meistens komme eh alles anders. Und egal, was die Oma Gerlindes dieser Welt davon halten, egal ob ich ein Mädchen, ein Junge oder eine Elfe bin. Ich solle einfach machen, wozu ich Lust habe.

Heute habe ich Lust, auf Bäume zu klettern. Ich liebe Bäume. Und Klettern liebe ich auch. Bergsteigen, na ja. Aber Baumsteigen, himmlisch!
Leider stehen mir bald nicht mehr so viele Bäume zur Verfügung, auf die ich steigen kann. In unserer Straße wird nämlich gebaut. Bis jetzt war unser Haus das letzte in einer Sackgasse, in die sich höchstens die Briefträgerin verirrt, aber das wird sich nun ändern. Da, wo bisher der schönste Spielplatz der Welt war und auch Tildas und mein Beste-Freundinnen-Geheimversteck, ausgerechnet da soll nun eine ganze Reihe neuer Häuser hin. Häuser, die alle genau gleich aussehen werden: zweistöckige Würfel mit Sahnehäubchendächern. So jedenfalls ist es auf dem riesigen Werbeschild gemalt, das wir schon längst vergessen hatten, und das seit meiner Geburt oder noch länger auf zwei hölzernen Stelzen im Wendehammer steht. Wendehammer nennt man das Ende der Straße, wo man mit dem Auto wenden kann, wenn man merkt, dass man in einer Sackgasse gelandet ist und dahinter nichts mehr kommt außer Wildwuchs. Wobei bei uns selten ein Auto wendet. Meistens wendet nur das Fahrrad von Frau Petrasch, die hier im Wildwuchs ihre Windjacke ausbreitet und darauf sitzend gemütlich ihr Käsebrot isst, um sich danach gestärkt wieder auf den Weg zu machen und die restlichen Briefe zuzustellen.
Aber vor ein paar Monaten kamen dann doch Autos. Die parkten den kompletten Wendehammer zu und massenhaft Leute stiegen aus, glotzten wichtig in die Gegend, te-

lefonierten und notierten Dinge auf Klemmbrettern. Papa schaute aus dem Fenster und brummte „Aha“, dann tauschte er seine Flipflops gegen die Turnschuhe und ging hinaus zu den Männern. Da wusste ich schon, dass es jetzt ernst wird. Papas Turnschuhe sind ein absolut sicheres Zeichen. Denn Papa trägt Turnschuhe nur, wenn er locker aussehen will, aber nicht locker ist. Sonst trägt Papa nämlich Flipflops. Außer, wenn es schneit, dann trägt Papa Stiefel, wie normale Leute auch. Aber den Rest des Jahres trägt er Flipflops. Egal, bei welcher Wetterlage. Das ist so ein Tick von ihm.

Oma Gerlinde behauptet, es sei besser, dass bei uns der Vater den Schuhtick habe und nicht die Mutter, wie es normalerweise der Fall sei. Denn Frauenschuhe würden richtig viel Geld kosten und Flipflops fast nichts. Aber natürlich hat Oma Gerlinde auch keine Ahnung von Flipflops. Papa hat nämlich bestimmt zweihundert Paar, und einige waren so teuer, dass er sich sogar schämt, uns den Preis zu verraten, dabei schämen wir uns eigentlich für nichts und niemanden. Papa ist es zum Beispiel vollkommen schnuppe, was die Leute von ihm denken, wenn er im Regen Flipflops anhat. Und natürlich denken die Leute was, nämlich dass er ein verrückter Künstler und ein bisschen ballaballa ist, was auch stimmt. Und deshalb zieht Papa Turnschuhe an, wenn er nicht ballaballamäßig auffallen will, und das klappt meistens auch. Bei den Bauarbeitern klappte es jedenfalls. Nachdem Turnschuh-Papa denen gezeigt hatte, wo das eingewachsene Schild ungefähr stehen müsste, fanden sie es tatsächlich und schnitten es gemeinsam vom Wildwuchs frei. Dabei erzählten sie Papa, was uns die nächsten Monate erwarten werde. Später im Haus hatte Papa dann wieder

Flipflops an und stöhnte, dass sich auch das bald ändern werde, denn die Baustelle werde jede Menge Dreck mit sich bringen, der dann auch ohne Regen zwischen seinen Zehen hängen werde. Aber Mama lachte wie immer und sagte: „Abwarten und Tee trinken." Dann servierte sie uns den Tee und selbst gemachte Pralinen, so kleine quadratische Dinger, zweistöckig mit Sahnehäubchen. Die sahen auch alle genau gleich aus, aber schmeckten natürlich köstlich.

Jetzt klettere ich auf mein Baumhaus, das kein richtiges Baumhaus ist, weil es genau genommen auf Baumarkt-Stelzen neben dem Baum steht. Aber vom Dach meines Baumhauses kann ich mit einem Schritt locker in meinen Baum steigen und von dort bis nach oben zur Astgabelung klettern, in die ich mich bequem hineinsetzen kann. Mein Baum ist nämlich eine Kastanie. Und Kastanien sind sehr stabil. Außerdem freundlich. Die Kastanie habe ich zu meiner Geburt von Oma Gerlinde als meinen ganz persönlichen Lebensbaum geschenkt bekommen. Was bislang übrigens Omas einzige Hokuspokus-Aktion war, die ich immer noch sehr gelungen finde! Auch meine Eltern haben bis heute nicht einmal darüber gelächelt oder die Nase gerümpft, und das hätte man inzwischen schon manchmal können. Denn natürlich hatte Oma Gerlinde sich passend zu ihrem Lebensbaum-Geschenk eigentlich einen Enkelsohn vorgestellt, der zuerst unter dem Baum Kastanientierchen basteln, später im Baum herumklettern und noch später in den Baum mit seinem Taschenmesser ein Herz oder was ähnlich Bescheuertes ritzen würde. Tja, und dann kam ich und habe ihre romantischen Enkelsohn-Pläne einfach so durchkreuzt.

„Heiliger Bimbam!“, soll Oma Gerlinde im Krankenhaus gerufen haben. Und weil sie den Baum ja schlecht wieder ausgraben lassen konnte, kam ihr die Idee mit meiner Verwechslung, schätze ich. Manchmal entfleucht Oma Gerlinde heute noch ein Seufzer, wenn sie mich auf meinem Baum sieht. Mama sagt, sie höre darin immer noch die Enttäuschung, Papa dagegen ist der Meinung, der Seufzer drücke Omas Sorge aus, von wegen Armbruch und so. Ich finde ja, er hört sich eigentlich nach Bewunderung an. Und auch ein kleines bisschen neidisch.

Ein einziges Mal hätte ich Oma Gerlinde deshalb fast gefragt, ob sie Lust habe, mit mir in die Kastanie zu steigen und dort die Seele baumeln zu lassen, weil das wirklich gute Laune macht. Und auch, um ihr zu zeigen, dass der Baum ein sehr cooles Geschenk war. Denn Oma sowas zu sagen, geht irgendwie nicht. Oma wischt alles, was ihr peinlich ist, immer einfach so mit der Hand weg. Und Worte, nicht nur „untenrum Worte“, sind ihr oft peinlich.

Aber dann fielen mir die vier Stricknadel-Nägel ein, die ein halbes Jahr in meinem Arm steckten und die jetzt als Andenken in meiner Schreibtischschublade liegen, und ich dachte daran, dass wir Oma, falls was schiefläuft auf der Kastanie, drei Wochen lang jeden Tag im Krankenhaus besuchen müssten. Deshalb lud ich sie dann doch nicht ein.

Dabei ist es hier oben wirklich herrlich! Ganz besonders, wenn man durch die grünen Blätter rundherum alles völlig ungestört beobachten kann – was ich heute vorhabe.

Von meinem Astgabel-Ausguck habe ich einen guten Überblick, was an Bäumen noch so übrig ist. Die fünf großen Platanen hinter dem Wendehammer wollten die Bauarbeiter heute nämlich fällen, während ich in der Schule war.

Und das haben sie wohl auch versucht, aber nicht hingekriegt. Mein neuer Ausblick ist jedenfalls ... schrecklich! So schrecklich, dass ich fast vom Baum kippe, was bestimmt nicht gut ausgehen würde, denn von hier bis zum Boden sind es mehr als zwölf Zentimeter, ich schätze mal, eher so fünf Meter. Zum Glück hab ich dieses Mal keine Gummistiefel, sondern Sandalen an, denn heute ist Sommer und die Sonne scheint, was meine trübe Aussicht aber nicht aufhellt.
Irgendwie haben die Bauarbeiter das mit den Platanen wohl unterschätzt. Bisher fehlt nämlich nur ein einziger Baum komplett. Dazu mussten sie aber den Boden nach allen Seiten aufreißen, wahrscheinlich, um die Wurzeln auszugraben. Und da klafft jetzt ein riesiges Loch, ein richtiger Krater. Es sieht aus, als habe eine Bombe eingeschlagen.
Aber fast schlimmer sehen die vier übrig gebliebenen Platanen aus. Die stehen nämlich noch. Oder zumindest ein Teil davon. Abgesägte Äste und verstümmelte Stämme ragen nackt aus der Baustelle. Und da, wo der Wildwuchs der Brombeerhecken Tilda und mir ganz ohne Spielplatz-Designer ein Beste-Freundinnen-Geheimversteck in das Feld gebaut hatte, ist jetzt ... nichts mehr! Nicht ein einziger Busch, kein einziger Grashalm, kein einziges grünes Blatt ist zu sehen. Nur ein riesiges Schlachtfeld aus grauer Erde, die in der Sonne rissig geworden ist und hart.
Ich könnte heulen, so hässlich ist das.
Ich kriege sogar eine richtige Wut. Und die kriege ich selten. Weil ich auch selten Grund habe für Wut. Und wahrscheinlich habe ich jetzt auch keinen echten Grund für Wut. Weil ja klar war, dass hier irgendwann mal gebaut werden würde. Schließlich brauchen die Menschen Häuser,

in denen sie leben können. Genau wie wir. Aber können die nicht woanders ihre Häuser bauen? Ich will hier keine Häuser, auch keine, die aussehen wie Pralinen. Ich will meine Platanen zurück!
„So eine gequirlte Kacke, verfluchter Mist!“, schreie ich und noch ein paar andere Wörter, die ich mir von Papa abgelauscht habe, denn die benutzt er, wenn sein Laptop nicht das macht, was er will. Aber heute sind meine Flüche und Beschimpfungen genauso sinnlos wie seine. Auch mir wird niemand antworten. Denn auf dem Schlachtfeld sind weit und breit keine Bauarbeiter mehr zu sehen, die haben sich nämlich einfach aus dem Staub gemacht, diese ... diese „Verstümmler“!

Mama wartet, bis ich mich ausgeschrien habe. Dann läutet sie das Glöckchen. Das Glöckchen steht unten in meinem Vogelhäuschen, und das Vogelhäuschen hängt unter meinem Baumhaus. Die Glocke ist Mamas Zeichen, dass ich mich bitte Richtung Boden bewegen soll. Normalerweise klingelt Mama einmal kurz und geht wieder, weil sie nämlich weiß, dass es noch eine ganze Weile dauern kann, bis ich an den Start komme. Aber heute bin ich schneller unten, als Mama das Glöckchen wieder im Vogelhäuschen verstaut hat.
Ich weiß gar nicht, was ich sagen soll, und ich muss auch nichts sagen, denn Mama nimmt mich an die Hand und wir gehen zusammen ins Haus und in die Küche, wo sie für ihr neues Buch Waffeln aus einem besonderen Korn gebacken hat, die ich testen darf. Aber irgendwie habe ich überhaupt keinen Hunger.
„Was meinst du, Hedi“, fängt Mama vorsichtig an, während

ich die Waffelherzchen auf meinem Teller in kleine Stücke reiße, „ist heute vielleicht ein guter Tag, um mit mir in die Stadt zu gehen?"

Ich puzzle die kaputten Herzen wieder zusammen und kapiere nicht sofort, aber dann, gerade als ich die beiden oberen Rundungen zusammenschiebe, klingelts bei mir!

„Krieg ich heute meinen Busenhalter?", kreische ich ein bisschen zu laut und so, als würde ich auch gleich noch den Busen dazu bekommen. Aber Mama bekommt davon keinen Ausschlag.

„Bustier", verbessert sie mich zwar, aber dann lacht sie und sagt nur, dass ich vorher unbedingt noch meine Hände waschen muss.

Als ich mit blitzblanken Händen aus dem Bad komme, klingelt das Telefon. Es ist Tilda, ich erkenne es an der Nummer auf dem Display, und eigentlich will ich nicht drangehen, weil ich jetzt lieber sofort los möchte.

Aber Mama ist schneller. Sie sagt: „Hallo Tilda, warte, ich geb sie dir", und schon hab ich meine Freundin am Ohr.

„Na", fragt Tilda, „wie siehts bei den Platanen aus?"

Kurz habe ich die verstümmelten Bäume wieder vor Augen und beinahe will ich loslegen und Tilda von der Sauerei erzählen, aber dann tu ichs doch nicht. Denn erstens weiß ich, dass Tilda sich nicht wirklich Sorgen um die Bäume macht, und zweitens wartet in der Stadt mein erster BH auf mich.

„Kann ich kommen und wir gehen ins Geheimversteck?", fragt Tilda, der die Stille am Telefon zu lang wird. Und da weiß ich, dass Tilda was auf dem Herzen hat. Mir wird flau, weil ich meine Freundin anschwindeln muss, aber eine andere Möglichkeit sehe ich gerade nicht.

„Geht nicht", sage ich, „Geheimversteck gibts nicht mehr. Das haben sie umgenietet. Hier ist alles platt. Die reinste Steppe, staubtrocken. Und ich muss jetzt leider los. Einkaufen. Bis morgen!"
Dann lege ich auf.
Tilda ist meine beste Freundin.
Wir haben uns geschworen, immer füreinander da zu sein, wenn eine von uns in Not gerät. Wir haben sogar eine Schwurzigarette geraucht, damals in unserem Geheimversteck. Also, eigentlich war der Plan, dass wir uns die ewige Treue mit unserem Blut schwören, so wie die Indianer das früher gemacht haben, aber dann hat Tilda Angst vor meinem Taschenmesser bekommen. Natürlich hat sie das nicht zugegeben, weil Indianer ja angeblich immer tapfer sind, aber Tilda hat genauso misstrauisch auf mein Taschenmesser geglotzt, wie Oma Gerlinde das immer macht. Und da ist mir zum Glück eingefallen, dass Blutschwestern nicht mehr angesagt sind. Weil man inzwischen nämlich weiß, dass es nicht ungefährlich ist, wenn man sein Blut einfach so vermischt. Das stand jedenfalls in der Apothekenzeitschrift von Oma Gerlinde, die sich zwar kein bisschen mit Indianern auskennt, aber trotzdem einmal zu etwas gut war.

Und deshalb einigten Tilda und ich uns auf eine Zigarette. Die klaute Tilda von ihrem Vater, und wir pafften im Geheimversteck, bis uns schlecht wurde. Doch das ist jetzt mindestens drei Jahre her. Damals gaben wir uns auch alberne Namen und ritten auf unsichtbaren Pferden durch die Prärie. Damals verschwendeten Blaue Blume und Kirschblüte nicht einen einzigen Gedanken an ihre Brüste. Und heute hätte ich meiner Freundin sagen müssen, dass ich meinen ersten BH bekomme. Aber dann wäre Tilda bestimmt traurig geworden, weil ihre Mutter garantiert nicht mit ihr in die Stadt einkaufen geht. Und das, obwohl Blaue Blume schon einen Busen hat! Der ist zwar noch nicht so groß wie der von meiner Mama, aber trotzdem schon deutlich zu sehen.

VIER

Ich liebe es, mit Mama in die Stadt zu gehen. Mama sagt zwar, dass sie an diesen Tagen das Lästige mit dem Schönen verbindet, aber ich finde unsere Stadtbummel eigentlich nie lästig, sondern immer nur schön.
Die Schönheit beginnt, wenn wir uns stadtfertig machen. Ich wasche mir das Gesicht und hole den Dreck unter den Fingernägeln heraus. Mama zieht sich ein hübsches Kleid, aber flache Schuhe an, damit sie keine Blasen bekommt, denn in die Stadt laufen wir. Sie hat sich die kleine Ledertasche umgehängt, wo ihr Portemonnaie und die Erfrischungstücher drin sind, die nach Lavendel duften. Ich darf mir die Korbtasche umhängen, die wir aus dem letzten Schwedenurlaub mitgebracht haben, und die ein echtes Stauraumwunder ist. Weil das Stauraumwunder am Anfang noch leer ist, hänge ich es mir über die Schulter und mich bei Mama ein, dann schlendern wir ganz gemütlich los. Auf dem Rückweg müssen wir allerdings meistens den Bus nehmen, weil das Stauraumwunder dann schwer ist und die zwanzig Minuten Fußweg einem endlos vorkommen mit so einem Klotz am Arm.

Aber erst mal kommen wir in der Stadt an. Wir erledigen immer zuerst das Lästige. Lästig findet Mama, eine neue Monatsfahrkarte zu kaufen, Geld von der Bank abzuheben und Mahnungen in der Bibliothek zu bezahlen. Nachdem das erledigt ist, kommt das Schöne. Das Schöne beginnen wir mit einer kleinen Stärkung. Im Winter trinken wir Kakao im „La Baguette" und essen ein Schoko-Croissant. Im Sommer gehen wir zu „Cortina", wo Mama sich einen Eiskaffee bestellt und ich mir einen Eisbecher von der Karte aussuchen darf, egal welchen. Ich nehme aber immer denselben, weil ich von Cortinas Schokotraum einfach nicht genug bekommen kann. Wenn ich mit meinem Eis fertig bin, legt Mama das Geld für unsere Rechnung in den leeren Aschenbecher. Dabei steht Giuseppe, der Kellner, an der Terrassentür und beobachtet uns. Erst wenn wir aufstehen, läuft er langsam zu unserem Tisch und zwinkert uns zum Abschied zu. Also eigentlich zwinkert er Mama zu. Ich bin nur die Tarnung, ohne die Giuseppe sich das nämlich nicht trauen würde. Das weiß ich, und Mama weiß das auch. Sie lacht und hakt sich bei mir ein, als wären wir Freundinnen. Und dann gehen wir bummeln!
Beim Bummeln schlendern wir genau einmal die Fußgängerzone hinauf und wieder hinunter. Rauf gucken wir uns die Geschäfte auf der rechten und runter die Geschäfte auf der linken Seite an. Rauf kaufen wir frisch gemahlenen Kaffee, eingelegte Oliven und Frischkäse mit Knoblauch. Außerdem Mandelöl für Mamas Elfenhaut, Pflaster für meine Knie und manchmal Zimtsohlen für Papas Turnschuhe. Die Zimtsohlen gibt es im Eine-Welt-Laden, der rauf immer unsere letzte Station ist, denn dann sind wir oben an der Kirche und damit am Ende der Fußgängerzone angelangt.

Direkt gegenüber der Kirche liegt Carlottas Buchhandlung. Obwohl wir meistens in der Bücherei schon etwas ausgeliehen haben, gehen wir immer zu Carlotta. Mama und Carlotta sind nämlich Freundinnen und haben sehr viel zu besprechen. Zum Beispiel wie sich Mamas Bücher verkaufen und welche Neuerscheinungen Mama unbedingt lesen muss. Meistens versucht Carlotta auch noch, Mama zu überreden, doch mal etwas anderes zu schreiben als immer nur Kochbücher, aber Mama winkt jedes Mal ab: Sie sei keine Dichterin, sondern nur eine Frau, die Spaß am Kochen und am Essen habe. Als Beweis zaubert Mama an dieser Stelle dann immer etwas aus dem Stauraumwunder. Und während Mama und Carlotta ein paar Oliven naschen und dazu Baguette in Frischkäse dippen, darf ich in den Regalen stöbern und mir ein Buch aussuchen. Denn dafür habe ich mir extra die Fingernägel geschrubbt.

Ich bin gerne bei Carlotta.
Erstens riecht es bei Carlotta gut. Ich kann nicht sagen wonach, weil es kein Parfüm ist oder so, aber es riecht richtig, richtig gut. Da könnte ich mich reinlegen. Und das mache ich auch, sobald ich ein Buch gefunden habe. In Carlottas Buchhandlung gibt es eine riesige Lümmelcouch mit bunten Leseknochen. Leseknochen sind Kissen in Knochenform, die man sich zum Lesen in den Nacken oder unter die Brust schieben kann und die Susa, die Verkäuferin aus dem Eine-Welt-Laden, näht, wenn sie gerade keine Kundschaft hat. Leider ist das in letzter Zeit ziemlich häufig der Fall, was Susa Sorgen macht und weshalb Mama heute bei ihr vier Packungen Zimtsohlen und einen Leseknochen gekauft hat. Der Leseknochen ist für Mama. Ich habe näm-

lich schon einen. Meinen hat mir Carlotta zum zehnten Geburtstag geschenkt und er wurde von Susa extra aus einem mit Bäumen bedruckten Stoff genäht, weil Carlotta nämlich weiß, was mir gefällt.
Überhaupt hat Carlotta eine Menge Ahnung. Sie interessiert sich für alles, was in der Welt passiert. Ganz egal, ob etwas in unserem oder in einem anderen Land geschieht. Carlotta ist der Meinung, es sei unbedingt nötig, über den eigenen Tellerrand zu gucken. Denn wir seien alle miteinander verknüpft. Und das Handeln jedes Einzelnen auf der Welt habe immer eine Wirkung auf die anderen. Carlotta sagt, das sei zwar schon immer der Fall gewesen, aber früher hätten die Menschen das nicht so deutlich wahrgenommen. Weil es früher noch kein Internet gegeben habe. Kein Fernsehen. Und nur wenige Menschen lesen konnten. Weil sie keine Schulbildung hatten, weil sie zum Beispiel im oder nach dem Krieg geboren wurden, so wie Oma Gerlinde. Und die Leute hatten dann natürlich anderes zu tun, als sich über Afrika Gedanken zu machen. Oder das Klima. Oder den Tierschutz. Oder die Gleichberechtigung. Aber heute, wo alle Menschen gut informiert sind, und es uns in Europa so gut geht, da findet Carlotta es eigentlich nicht mehr zu entschuldigen, keine Fragen zu stellen, Ungerechtigkeiten hinzunehmen oder – noch schlimmer – sich nur darum zu kümmern, wie die eigene Portion auf den Teller kommt und ob die auch groß genug ist. Wenn Mamas Freundin über Sachen redet, die ihr wichtig sind, dann kommt sie richtig in Fahrt, genau wie ich. Einmal hat Carlotta sich deshalb sogar mit Mama gestritten. Und das ist wirklich schwer, denn Mama ist nicht nur die schönste, sondern wahrscheinlich auch die liebste Frau auf der Welt, auch da sind Carlotta und ich uns einig.

Aber genau darum ging es bei dem Streit zwischen Carlotta und ihr: dass Mama nämlich immer nett ist. Dass sie sich sogar für Fehler entschuldigt, die sie gar nicht begangen hat. Dass sie sich ständig kleiner macht, als sie eigentlich ist. Und dass sie immerzu, immerzu, immerzu lächelt. Und dass Carlotta das wirklich ungesund und zum Kotzen unterwürfig findet! Streiten solle Lisbeth gefälligst! Für die Dinge kämpfen, die ihr wichtig seien!

Und während ich noch in der Tür stand und überlegte, ob Carlotta vielleicht recht habe, da fing Mama plötzlich an zu weinen. Das war vielleicht ein Schreck! Auch für Carlotta, die Mama erst ganz erstaunt ansah und dann umständlich in den Arm nahm, so als wüsste sie gar nicht, wie das geht. Schließlich zog Mama dann ihre Freundin einfach zu sich heran. Und dabei fluchte sie leise!

„Du blöde Kuh", flüsterte Mama schniefend. „Nicht jeder kann ein Revoluzzer sein! Es muss doch auch Leute geben, die den Kuchen für die Revolution backen!"

Dann heulten und lachten beide und ich schlich mich rückwärts aus der Tür und in mein Zimmer, dabei hatte ich eigentlich eine ganz wichtige Frage an Carlotta, das weiß ich noch genau. Der Streit war nämlich in der Zeit, als Carlotta wegen „der Sache" bei uns wohnte. Damals habe ich Carlotta eigentlich jeden Morgen schon vor der Schule mit Fragen gelöchert, und selbst wenn sie mal ausnahmsweise nicht gleich eine Antwort wusste, hat sie die tagsüber irgendwie herausgefunden und mir dann abends an meinem Bett gegeben. Doch irgendwann beruhigte sich „die Sache" wieder und Carlotta zog bei uns aus und in die Buchhandlung zurück. Denn Carlotta wohnt hier. Also nicht vorne im Laden, aber direkt hinter der Tür, auf der LAGER geschrieben steht, geht ihre Wohnung los. Das LAGER-Schild ist nämlich nur Tarnung, obwohl Carlottas Wohnung tatsächlich aussieht, wie ich mir ein Lager vorstelle: Überall stapeln sich Bücher, neben ihrem Bett, neben der Badewanne und sogar neben ihrem Klo. Oma Gerlinde würde einen Herzinfarkt bekommen, könnte sie das Chaos sehen!

Einmal aber sahen das Bücherlager und auch die Buchhandlung noch chaotischer aus als gewöhnlich. Damals bekam Carlotta beinahe einen Herzinfarkt. Weil nämlich nachts irgendwelche komischen Leute von der Straße bei ihr eingebrochen hatten. Zum Glück war Carlotta gerade im Theater, als die Einbrecher bei ihr alle Bücher auf einen riesigen Berg geworfen und daneben Brennholz und Streichhölzer zu einem Haufen gestapelt, aber nicht angezündet hatten. Doch bevor die Einbrecher abgehauen waren, hatten sie noch Carlottas Wohnung und auch das Schaufenster der Buchhandlung mit Farbe eingesaut.

Am nächsten Tag stand es in der Zeitung. Und da bekam Mama dann beinahe einen Herzinfarkt. Aber nur beinahe. Sie stürmte vom Frühstückstisch ganz ohne schickes Kleid und Stauraumwunder ab in die Stadt! Was genau sie dort machte, weiß ich nicht. Aber als sie Stunden später zurückkam, hatte sie Carlotta untergehakt, die dann für vier Wochen bei uns einzog. So lange dauerte es, bis die Bücher wieder ordentlich in den Regalen standen und das „LINKE LESBE VERRECKE“ von der Fensterscheibe gekratzt war.

Lesben sind Frauen, die Frauen lieben, erklärte mir Mama abends am Bett. Richtig lieben, nicht so wie Tilda und ich uns lieben, sondern wie meine Eltern sich lieben, mit Herzklopfen, Knutschen, Sex und allem Drum und Dran. Aber was die Einbrecher an lesbischer Liebe aufregt, konnte Mama mir nicht erklären und Papa ausnahmsweise auch nicht. Der hat mir dafür verraten, was es mit dem LINKE bei LINKE LESBE VERRECKE auf sich hat. Gleich am nächsten Tag, als die Polizei in seinem Arbeitszimmer saß, um von Carlotta eine Aussage und eine Anzeige aufzunehmen, nahm Papa sich Zeit dafür. Papa kann Dinge ziemlich gut erklären. Deshalb ist Oma Gerlinde auch der Meinung, an ihrem Sohn sei ein Lehrer verloren gegangen. Aber natürlich stimmt das überhaupt nicht, denn erstens hat Papa genau diesen schrecklichen Oberlehrerton eben nicht und zweitens mag Papa viel lieber ein Kind sein, das mit Flipflops auf Spielplätzen herumturnt, das kapiere ja sogar ich. Und das mit LINKS habe ich auch kapiert.

Papa sagt, dass die politischen Parteien, die es gebe, in Richtungen unterteilt würden. Es gebe die Linken, die in der Mitte und die Rechten, und natürlich gebe es dazwischen noch ganz viele Abstufungen, aber so im Großen und Ganzen seien das die drei Richtungen, die sich in ihren Meinungen voneinander unterschieden, wobei sich die Linken von den Rechten logischerweise am meisten unterschieden, denn die seien ja mit ihren Meinungen am weitesten auseinander. Und je nachdem, welche politische Richtung man gut fände und unterstütze, werde man von den anderen als links oder rechts eingeordnet. Dazu müsse man nicht einmal Mitglied in einer Partei sein. Denn das sei Car-

lotta nicht. Und trotzdem sei sie manchen Menschen in unserer Stadt ein Dorn im Auge, weil sie über den eigenen Tellerrand schaue und sich einmische, wenn sie der Meinung sei, dass es irgendwo ungerecht zugehe. Das zumindest vermutete der Polizist, der die Anzeige gegen Unbekannt aufgenommen und Carlotta geraten habe, in Zukunft vorsichtiger zu sein, denn mit solchen Leuten sei wirklich nicht zu spaßen. Aber das hätte der Polizist besser nicht sagen sollen. Carlotta ist nämlich auf der Stelle implodiert! Und wenn Carlotta implodiert, ist das schlimmer, als wenn meine Mama explodiert. Carlottas Augen schießen Blitze ab, die mitten ins Herz treffen. Der Polizist hielt Carlottas Blick jedenfalls nicht aus und musste auf den Boden sehen, als sie ihn ganz ruhig fragte: „Wie soll die rote Hexe Ihrer Meinung nach denn leben, damit sie nicht auf dem Scheiterhaufen landet und angezündet wird? Haben Sie da vielleicht einen Tipp für mich?“
Der Polizist hatte keinen. Aber Mama. Sie sagte: „Du sollst weiter so eine wunderbare Frau und Buchhändlerin sein wie bisher.“ Und da drückte Carlotta ihre Hand und sagte Danke. Auch mit einem kleinen Blitz in den Augen.

Seit diesem Tag ist Carlotta Mamas Freundin. Und meine ist sie auch, weil wir außer unserer Liebe für Mama noch sehr viele Gemeinsamkeiten haben. Carlotta ist zum Beispiel genauso neugierig wie ich. Nur nicht so vorlaut – behauptet zumindest Oma Gerlinde, die Carlotta erstaunlicherweise gleich mochte, trotz der vielen Bücher, die sich in den vier Wochen nach ihrem Einzug bei uns auf dem Klo angesammelt hatten. Außerdem findet Carlotta ebenfalls, dass Mama eine Elfenschönheit ist. Und das hat sie gleich und

ganz direkt zugegeben, ohne das kleinste bisschen Neid. Carlotta ist nicht so schön wie Mama, eigentlich ist sie gar nicht schön, sie hat nicht einmal einen richtigen Busen oder höchstens so einen wie Tilda. Überhaupt sieht Carlotta aus wie ein Bonsai-Bäumchen. Sie ist nämlich klein, kaum größer als ich, dabei ist sie schon ausgewachsen. Sie hat kurze rote Haare und trägt eine goldene Nickelbrille. Und wenn Carlotta über ihre Bücher spricht, funkeln ihre Augen wie Sternenzauber.
„Da können die Supertrendyglitzerglamourgirls einpacken", behauptet Papa, der Carlotta auch sehr mag und freiwillig sein Arbeitszimmer für sie geräumt hat. Dabei hätten wir ja eigentlich noch ein unbenutztes Kinderzimmer übrig gehabt.

Heute kann ich Carlottas Sternenzauberaugen jedoch nicht funkeln sehen. Wir sind zwar die einzigen Kunden im Laden, aber Mama und Carlotta stecken die Köpfe über dem Frischkäsedip zusammen und tuscheln. Eigentlich bräuchte ich jetzt mal Carlottas Rat, denn ich habe zwei Bücher, zwischen denen ich mich nicht entscheiden kann, und heute will ich mich schnell entscheiden, weil ich ausnahmsweise nicht so lange bei Carlotta bleiben mag, denn heute habe ich noch etwas Wichtiges vor. Als ich mit meinen Büchern anrücke, legt Carlotta Mama blitzschnell die Hand auf den Arm, und die wird sofort still. Für einen Moment überlege ich, ob Mama wohl gerade von meinem ersten BH erzählt hat, der doch unser Frauengeheimnis ist. Und obwohl Carlotta natürlich auch eine Frau ist, bin ich mir nicht sicher, ob mir das gefällt.

„Na was denn, Qual der Wahl?“, reißt mich Carlotta aus meinen Gedanken, und ich halte ihr die Bücher so dicht vor die Nickelbrille, dass sie ein paar Sekunden braucht, um den Blick hinter den Gläsern scharf zu stellen. Doch dann trifft sie, ohne zu zögern, für mich die Wahl und ich bin froh, dass sie mir die Entscheidung abnimmt. Weil ich ein schlechtes Gewissen wegen der Notlüge am Telefon hatte, habe ich das eine Buch nämlich für Tilda ausgesucht. Auf dem Buchdeckel steht, es gehe um ein zehnjähriges Mädchen, das am liebsten Pommes mit Mayo esse. Jeden Tag läuft Lilly an der Pommesbude vorbei und kauft sich welche. Natürlich wird sie jeden Tag dicker. Aber eines Tages sind die Pommes ausverkauft und Lilly entscheidet sich notgedrungen für Krautsalat. Erstaunt stellt sie fest, dass ihr der Krautsalat noch besser schmeckt als die Pommes und so kauft sie ihn am nächsten Tag wieder. Und wieder. Und immer wieder. Natürlich wird Lilly jetzt jeden Tag schlanker. So schlank, bis sie das schlankste Mädchen der Klasse ist und sich der coolste Junge der Klasse mit ihr verabredet. Der heißt David. Und ist der Sohn von der Pommesbudenbesitzerin. Wie die Geschichte ausgeht, steht aber nicht auf der Rückseite und genau das hätte mich jetzt schon interessiert, da muss ja noch irgendwas Gewichtiges passieren.
Aber Carlotta schüttelt den Kopf und schwört: „Vierundsiebzig Tage Krautsalat! Und zum Schluss ein Küsschen von David. Das ist alles. Und das ist nichts. – Aber das andere Buch, das ist interessant. Es ist allerdings kein Roman, sondern ein Sachbuch. Wenn man das überhaupt so sagen darf. Es wurde von einem Förster geschrieben, der behauptet, dass die Bäume miteinander sprechen. Ja mehr noch, dass

die Bäume – genau wie die Menschen – ihre Nachkommen liebevoll aufziehen, ihre Nachbarn umsorgen oder Kranke pflegen. Nicht unbedingt ein Kinderbuch, aber du wirst es verstehen, da bin ich mir sicher. Besser als Krautsa…"
Mama steht auf, nimmt Carlotta das Buch mitten im Satz aus der Hand, geht damit wie eine Schlafwandlerin zur Kasse und holt das Portemonnaie aus ihrer Handtasche. Sie guckt nicht mal auf den Preis, um zu sehen, ob ich von meinem Taschengeld etwas dazugeben muss. Ich habe nämlich ein festes Buchlimit für unseren Bummeltag, und bei der Einhaltung ist Mama streng. Weil sie möchte, dass ich früh lerne, mit meinem Geld umzugehen, denn das ist wichtig, besonders für eine Frau, die später auf eigenen Beinen stehen will. Aber jetzt gerade scheinen ihr meine Beine nicht so wichtig zu sein.

Überhaupt ist Mama jetzt nicht mehr bei der Sache. Oder sie ist bei einer anderen Sache, und das macht mir Sorgen. Weil doch heute mein besonderer Tag ist und wir nach unserem Besuch bei Carlotta in die Damenwäscheabteilung bei Schlüters wollen. Schlüters ist das Kaufhaus, das auf der anderen Seite der Kirche liegt und wo wesentlich mehr Menschen ein- und ausgehen als im Eine-Welt-Laden, allerdings gibts im Eine-Welt-Laden auch keine Büstenhalter.

Beinahe hätte Mama das Baguette und den Frischkäsedip vergessen, aber kurz bevor wir bei Carlotta rausgehen, fällt ihr doch auf, dass etwas fehlt und sie geht noch einmal zurück, packt beides in das Stauraumwunder und holt sich bei Carlotta, die immer noch hinter der Kasse steht, einen Kuss ab.

Und dann sagt Mama plötzlich und viel zu laut: „Versprochen! Aber zuerst gehe ich mit meiner wunderschönen Tochter noch etwas ganz Besonderes einkaufen."
Und weil Mama ja nur ein Kind hat, muss das wohl ich sein.

FÜNF

Schlüters Damenwäscheabteilung liegt in der vierten Etage. Darüber kommt nur noch das „Café mit Aussicht". In diesem Café haben sich meine Eltern kennengelernt. Papa hat dort wochenlang die Aussicht auf Mamas Elfenhaut genossen, bevor er mit ihr in den Fahrstuhl gestiegen und stecken geblieben ist. Seitdem hat Mama einen Mann und Angst vor Fahrstühlen. Und deshalb benutzen wir wie immer die Rolltreppe.
Wir rollen bis in die vierte Etage und dort direkt vor den ersten Ständer mit Büstenhaltern. Die sind allerdings fast so riesig wie Oma Gerlindes Dinger und fleischfarben noch dazu. Mama nimmt einen besonders hässlichen vom Ständer, hält ihn sich vor die Brust und zwinkert mir zu.
„Beautiful? Nice?"
Ich muss kichern, bis sie mich zwischen den Ständern weiterzieht. Und ich lasse mich ziehen, denn Mama kennt sich hier aus. Bevor sie mit Papa im Fahrstuhl stecken geblieben ist, hat sie nämlich hier gearbeitet. Meistens hat sie im „Café mit Aussicht" Kuchen verkauft, aber manchmal ist sie auch auf den anderen Etagen eingesprungen, immer dann, wenn gerade Not am Mann war. Was ein selten dämlicher Spruch ist, denn im ganzen Kaufhaus gibt es gerade mal einen Mann, und der arbeitet eigentlich nicht, sondern

kontrolliert nur, ob und wie die Frauen arbeiten. In der Damenwäscheabteilung arbeitet heute Frau Pluder. Und die arbeitet gründlich.

Sie kriegt sich gar nicht mehr ein, als sie mich sieht: „Deine Tochter, Lisbeth? Das gibt es doch gar nicht! Mensch, bist du groß geworden, eine richtige kleine Dame, na, da wollen wir doch mal sehen, was wir für dich haben, Hedi!"

Und dann zeigt mir Frau Pluder, was sie für mich hat. Die Auswahl ist so groß, dass mir auf einmal ganz schwindelig wird. Aber zum Glück behält Mama den Überblick. Ein Bustier soll es sein, mit einem elastischen Unterbrustband, das nicht einschnürt. Frau Pluder marschiert los und zeigt uns zuerst den ultimativen Soft Cup Bra, nach dem junge Frauen total verrückt sind. Das Teil hat eingenähte Schalen aus Schaumstoff, genau da, wo später meine Brüste wachsen werden.

„Auf keinen Fall etwas Gepolstertes, Inge!", protestiert Mama und schüttelt entschieden den Kopf. „Stell dir vor, Hedi trägt den, einer stößt mit dem Ellenbogen dran und sie hat an der Brust eine Delle, weil darunter nichts ist außer heiße Luft."

Inge Pluder wird leicht rosa im Gesicht und zwinkert Mama verschwörerisch zu: „Na komm schon, Lisbeth, wir haben früher Socken reingestopft, damit das nicht passiert." Aber Mama ist nicht zu erweichen. Zum Glück gibt es bei Schlüters auch genug Modelle ohne Polster. Frau Pluder schleppt ganze Arme voll zur Umkleidekabine, wo ich gerade obenrum nackt vor dem Spiegel stehe und es nicht fassen kann! Ich gehe ganz langsam bis zum Glas und wieder zurück, um eine optische Täuschung auszuschließen, aber mein Spiegelbild verändert sich nicht.

Verrückt: Mir sind über Nacht Brüste gewachsen!
Es sind kleine Brüste, sehr kleine, aber es sind Brüste! Ich kneife die Augen zusammen und drehe mich zur Seite, doch der Hügel verschwindet nicht, er bleibt, wo er ist. Mama steckt den Kopf zwischen die Vorhänge.
„Kommst du klar?“, will sie wissen und ich erschrecke ein bisschen, weil ich noch gar nichts anprobiert habe. Mama sieht in den Spiegel. Dann huscht ihr ein Elfenlächeln über das Gesicht. „Für den Fall, dass du dich nicht entscheiden kannst: Ich bin in Spendierlaune. Du darfst dir drei aussuchen.“

Ich probiere wirklich viele Bustiers an. Zum Schluss nehme ich ein zitronengelbes, ein grasgrünes und ein blau-weiß gestreiftes. Frau Pluder ist ein bisschen enttäuscht, weil ich mich nicht für das rosafarbene mit Glitzersteinen entschieden habe, das sie persönlich ja todschick findet, aber Mama meint, meine Auswahl ist optimal und sehr passend. Frau Pluder bringt uns bis zur Kasse und während Mama bezahlt, flüstert sie mir zu: „Das mit dem Stopfen geht übrigens auch beim Bustier, nimmste halt Söckchen, Hedi, dann trägts nicht so dick auf.“

Dann reicht Mama mir unsere Einkäufe. Die Papiertüte mit den goldenen Herzen darauf fühlt sich so gut an, dass ich sie nicht im Stauraumwunder verstauen mag, sondern in der Hand bis nach Hause tragen möchte. Aber vorher machen wir noch ein kleinen Abstecher zu Frau Zisch.
„Einmal kurz pinkeln, das geht schnell“, versichert Mama augenzwinkernd.

SECHS

Die Arztpraxis von Frau Zisch ist altmodisch, obwohl Frau Zisch nicht alt und sehr modisch ist. Aber als Frau Zisch in die Praxis einzog, beschloss sie, alles so zu belassen, wie es schon bei ihrer Vorgängerin war.

„Die Leute werden misstrauisch, wenn es Veränderungen gibt“, erklärte sie Mama, „und zu einer Ärztin sollte man unbedingt Vertrauen haben.“ Tatsächlich hat Mama Vertrauen zu Frau Zisch, auch wenn ihre Praxis eingerichtet ist wie Oma Gerlindes Wohnung, in der Mama sich nicht besonders wohlfühlt. Denn Mama liebt schöne Dinge, und in Omas Wohnung gibt es so gut wie keine davon. Omas Wohnung ist vollkommen schmuck- und geschmacklos eingerichtet, findet Mama und versteht nicht, wie man so leben kann. Aber ich verstehe es so: Bei Oma sind alle Möbel und Gegenstände nach Funktion und Langlebigkeit ausgesucht. Und Dinge, die lange funktionieren, werden natürlich lange nicht ausgetauscht. Deshalb sind die meisten Dinge in Omas Wohnung auch schon sehr alt. Und hässlich sind sie noch dazu. Natürlich gibt es auch alte Dinge, die schön sind, so wie die Lümmelcouch bei Carlotta zum Beispiel, aber Oma Gerlinde macht sich nichts aus Schönheit. Etwas zu kaufen, nur weil es schön aussieht, kommt für sie nicht in Frage.

„Sinnlos“, knurrt Oma, wenn sie bei uns ist. Und damit meint sie so ziemlich alles, was bei uns rumsteht. Sie meint meinen Sitzsack, den ich nicht brauche, weil ich auf dem Stuhl sitzen kann. Oder mein Baumhaus, das ich nicht brauche, weil ich schon ein richtiges Haus habe und einen Baum noch dazu. Aber am allerwenigsten versteht Oma Gerlinde, warum man von einer Sache mehrere Ausführungen haben

muss. Das ist ihrer Meinung nach nicht nur sinnlos, sondern SO sinnlos. SO sinnlos findet sie zum Beispiel meine Bücher. Dass ich mehrere davon brauche, weil nicht in jedem das Gleiche steht, hat sie zwar kapiert, aber wozu ein Mensch seine Zeit überhaupt mit Büchern verschwendet, kapiert Oma nicht.
Außer bei ihrem Sohn natürlich, der ist eine Ausnahme, weil Papas Bildung uns den ganzen Tinnef nämlich bezahlt.
„Tinnef" nennt Oma Gerlinde all die Dinge, die ihrer Meinung nach vollkommen überflüssig und SO sinnlos sind.
„Wozu brauchst du zehn Teesorten, wo doch zwei - eine für Hals- und eine für Bauchschmerzen - vollkommen ausreichen?", hat sie Mama gefragt und auch: „Wozu brauchst du zwei Kinder, wo doch eines schon so viel Dreck macht? Hast du nicht genug Arbeit mit deiner Tochter?"
Aber das hat Mama offensichtlich nicht. Und darum sind wir heute bei Frau Zisch.
Also, zuerst einmal sind wir bei Schwester Yasemin in der Anmeldung.
Die wundert sich. „Nanu, haben Sie einen Termin, Frau Wilps?"
Mama schüttelt den Kopf. „Erst in zwei Monaten, aber wenn ich vielleicht kurz mit Frau Zisch sprechen könnte. Ich hab da so ein ..."
„Bauchgefühl?", will Schwester Yasemin wissen, die sich mit Bauchgefühlen auskennt, weil sie diejenige ist, die zum Pinkeltest die Pappbecher und Stäbchen an die Frauen verteilt. Aber Mama schüttelt wieder den Kopf, dieses Mal nur langsamer. Dann antwortet sie zögernd: „Ich bin mir ... unsicher. Es ist mehr so ein Brustgefühl, und weil wir gerade in der Nähe waren, dachte ich ..."

„Da lässt sich sicher etwas machen, Frau Wilps", sagt Schwester Yasemin freundlich und bittet uns, im Wartezimmer Platz zu nehmen. Dort ist gerade nicht viel los, was daran liegt, dass Frau Zisch am Nachmittag eigentlich nur nach Termin arbeitet. Vormittags sieht es im Wartezimmer angeblich anders aus, denn da behandelt Frau Zisch vor allem die Frauen, bei denen es sich das Baby im Bauch schon gemütlich gemacht hat und die nun eine ruhige Kugel schieben. Mama findet, vormittags sieht es in Frau Zischs Wartezimmer auch ohne Deko wunderschön aus. Ich habe das leider noch nie gesehen, weil ich es mir entweder selbst in Mamas Bauch gemütlich gemacht hatte oder in der Schule bin. Am Nachmittag war ich aber schon mit bei Frau Zisch. Mama meint, es kann nicht schaden, wenn ich mich auskenne. Denn bald werde ich eine richtige Frau sein, mit allem, was dazugehört. Das ist etwas, auf das ich mich freuen kann. Allerdings auch etwas, an das ich mich gewöhnen muss. Und damit meint Mama vor allem das Drum und Dran. Zum Drum und Dran gehört die Vorsorge-Untersuchung, die man als Frau alle sechs Monate machen soll und bei der die Frauenärztin checkt, ob mit der Muschmoschee alles in Ordnung ist. Und obwohl Mama es zu Hause mit der Ordnung nicht übertreibt, nimmt sie es mit ihren Terminen bei Frau Zisch immer ganz genau. Natürlich nennt Mama ihre Vagina auch nicht Muschmoschee, sondern eben Vagina oder Scheide. Doch ich finde beide Namen wirklich hässlich und deshalb nenne ich meine Vagina Muschmoschee, was ich mir zwar nicht selber ausgedacht, sondern bei Schwester Yasemin abgelauscht habe, aber wirklich schön finde.

Im Wartezimmer gehe ich gleich zu dem Glastisch, auf dem die Frauenzeitschriften liegen, denn die sind der einzige Tinnef, den Frau Zisch ihren Patientinnen gönnt und den es bei uns zu Hause nicht gibt und niemals nie geben wird. Mama mag nämlich überhaupt keine Frauenzeitschriften. „Sinnlos, SO sinnlos", bemerkte Mama spöttisch, als sie bei Oma Gerlinde zufällig welche unter der Couch entdeckte. Oma Gerlinde wurde rot und murmelte irgendwas, das nach „Die brauche ich fürs Fernsehprogramm" klang, aber das war mit Sicherheit geschwindelt. Erstens laufen auf Omas uraltem Fernseher nur wenige Programme, zweitens kennt Oma Gerlinde die Sendezeiten ihrer Lieblingssendungen auswendig. Und drittens gibt es in der „Bella" gar kein Fernsehprogramm. In der „Bella" gibt es nur Rezepte und Kreuzworträtsel. Das weiß ich zufällig genau, weil die nämlich auch bei Frau Zisch auf dem Glastisch liegt. Aber hier gibt es nicht nur die „Bella", sondern noch tausend andere Zeitschriften, die auch alle wie Frauen heißen und in denen Dinge stehen, die Frauen interessieren. Es gibt Rezepttipps und Schminktipps und Einrichtungstipps und Modetipps und Basteltipps und Dekotipps und Tipps für Frauen, die mit ihrer Ehe nicht klarkommen und Tipps für Frauen, die mit ihren Kindern nicht klarkommen. Die meisten Tipps fangen mit SO an. SO klappts mit dem Töpfchen. SO machen Sie sich sommerfit. SO schmeckt der Frühling, SO verführerisch sind Sie wirklich. Ich schätze, Oma Gerlinde hat hier ihr SO geklaut. In manchen Zeitschriften gibt es auch eine Seite für Kinder, wo wir zum Beispiel eine Maus suchen sollen, damit wir beschäftigt sind, wenn wir im Wartezimmer warten müssen. Aber dafür bin ich eindeutig zu alt, die Maus finde ich immer sofort, sinnlos. Und

deshalb gucke ich mir heute lieber die zehn Tipps für ein schönes Dekolleté an, denn das ist der Bereich genau über dem Busen, den ich besonders pflegen muss, wenn er ein echter Hingucker werden soll. Und das soll er natürlich, schließlich hat Mama mir grade drei superschöne Bustiers spendiert. Und deshalb lasse ich sie heute auch alleine hineingehen, als Schwester Yasemin ruft.
„Frau Wilps, Sie können einfach durchgehen, die Drei ist hinten offen."

Eins, Zwei, Drei. Das steht auf den Türen, die es auf der einen Seite im Wartezimmer gibt, und die Frau Zischs Praxis dann doch irgendwie besonders machen. Besonders altmodisch, meint Mama, und nicht besonders vertrauenerweckend, aber die älteren Frauen, die zu Frau Zisch kommen, mögen diese drei Türen. Hinter jeder Tür verbirgt sich eine klitzekleine Kabine. In der Kabine gibt es einen Plastikhocker und einen Haken, an den man seine Kleider hängen kann. Denn in der Kabine zieht man sich untenrum aus. Dann legt man sein Handtuch, das man immer mitbringen soll, auf den Plastikhocker, setzt sich mit dem nackten Po drauf und wartet, bis Frau Zisch auf der anderen Seite der Kabine eine zweite Tür aufmacht und einen ins Behandlungszimmer bittet. In Ausnahmefällen steht die zweite Tür schon offen und man darf einfach so, schnurstracks und angezogen, durchgehen. Zum Beispiel, wenn man eigentlich keinen Termin und nur so ein Bauch- oder Brustgefühl hat und kurz mit Frau Zisch im Vertrauen reden möchte. Die Kabinen sind nämlich auch ein Schallschutz, damit alles, was bei Frau Zisch im Untersuchungsraum besprochen wird, nicht im Wartezimmer gehört werden

kann. Wenn jemand allerdings in der Kabine pupst oder weint, hört man das sehr wohl im Wartezimmer. Bei einem Pups tun natürlich alle so, als hätten sie den nicht gehört, weil es peinlich ist. Aber wenn jemand weint, gucken sich die Frauen im Wartezimmer verstohlen an, so, als wüssten sie trotz Schallschutz genau, warum die Frau in der Kabine schnieft. Ich schätze, es gibt nicht so viele Gründe, warum eine Frau bei Frau Zisch weinen muss. Eigentlich fällt mir nur einer ein.
„Bis gleich", sagt Mama und geht zu Tür drei. Dabei zeigt sie auf das Stauraumwunder. „Falls dir langweilig wird, rede mit den Bäumen."

Aber mir wird bestimmt nicht langweilig. Da ich ja noch ganz am Anfang des Frauwerdens stehe, kann ich mir eigentlich nicht genug Tipps holen. Und da es auch bei Carlotta keine Frauenzeitschriften gibt, nutze ich jetzt die Gelegenheit. Nach einer halben Stunde weiß ich immerhin schon, dass Frausein ganz schön teuer wird. Viel teurer als drei Bustiers. Allein die Fußcremes und Handcremes und Enthaarungscremes und Faltencremes sind der Hammer. Na gut, die Haare müssen natürlich erst mal wachsen, bevor ich sie entfernen kann. Und auch mit den Faltencremes hat es vielleicht noch Zeit, obwohl da steht, man sollte unbedingt frühzeitig damit anfangen, sich intensiv und reichhaltig zu pflegen und natürlich so, wie es zum eigenen Typ passt. Und ich habe noch kein bisschen damit angefangen! Meine einzige Pflege ist ein Tröpfchen Mandelöl, wenn ich bei Mama auf dem Klodeckel sitze, und das schmier ich mir auch nur unter die Nase, weil es so gut nach ihr riecht. Mama ist der Elfentyp, ganz klar. Aber welcher Typ ich bin, weiß ich nicht. Dabei sollte ich danach die Pflegeprodukte, die Make-up-Farben und die Klamotten auswählen, die ich trage. Ich muss zugeben, das hört sich doch alles sehr anstrengend an.

Neben mir wird eine dicke Frau langsam unruhig. Für ein Baby ist sie aber eindeutig zu alt. Ich glaube, sie muss mal. Schließlich steht sie auf und geht stöhnend zu Schwester Yasemin in die Anmeldung. Wenn man mal muss, kann man sich bei Yasemin den Schlüssel fürs Klo holen, das draußen auf dem Gang ist und das immer abgeschlossen wird, damit keine komischen Leute aus der Fußgängerzone hereinkommen und Frau Zischs Klo mit Farbe und dummen Sprüchen beschmieren. Frau Zisch ist nämlich auch eine von den Frauen, die Frauen lieben.

Die Dicke musste wohl sehr dringend, denn sie ist superschnell zurück. So schnell pinkelt man nur, wenn die Blase arg voll ist, das kenn ich gut. Ich muss an meinen Baumhausplan denken, denn genau dafür war damals die Luke gedacht. Die Frau setzt sich schnaufend wieder hin, starrt auf Kabine drei und dann in meine Richtung. Nach zwei Minuten fängt sie wieder an zu stöhnen. Oje. Bestimmt war das Klo besetzt. Ich will grade zu meiner Zeitschrift und zu „SO angeln Sie sich einen reichen Mann – zehn Tipps für ein sorgloses Leben“ zurück, als die Frau mich plötzlich anspricht. Ihre Stimme klingt ganz anders, als ich mir vorgestellt habe. Nämlich so wie Tildas Meerschweinchen.
„Für wann war deine Mutter denn bestellt?“, fiepst die Dicke. Ich starre sie an und warte, denn Tildas Meerschweinchen setzt auch immer noch einen Fiepser hinterher oder

zwei. Aber mehr kommt aus der Frau nicht heraus und deshalb zucke ich mit den Schultern und lese weiter. Und da geht das Gefiepse dann doch noch los, genau wie bei Tildas Meerschweinchen, wenn es Hunger hat.
„Kein Deutsch? Du nicht verstehen? Termin? Termin! Wann die Mutti soll hier sein?“
Die Frau rudert mit ihren Armen.
„Du nicht kapito? Nein? Du Ausland?“ Jetzt wird es interessant. Vielleicht kann die Dicke mir ja sogar weiterhelfen? „Entschuldigung, aber was denken Sie, aus welchem Ausland ich kommen könnte?“ Ich blättere zurück und zeige auf die zehn besten Stylingtipps. „Bin ich mehr so der italienische Typ? Also wegen der roten Haare, meine ich. Oder mehr so der skandinavische? Wegen meiner blassen Haut? Blaue Augen sind ja auch eher nordisch, oder?“
Jetzt starrt die Dicke mich an. Allerdings mehr so wie der teuflische Typ.
Und deshalb sage ich schnell: „Meine Mutter hatte keinen Termin. Wir sind beim Bummeln nur kurz auf einen Schwatz mit Frau Zisch vorbeigekommen.“ Genau in dem Moment kommt Schwester Yasemin herein. Die Dicke versucht aufzuspringen, aber irgendwie hängt sie mit ihrem Po fest, was besonders unvorteilhaft aussieht. Peinlich scheint es ihr allerdings nicht zu sein. Sie fiepst einfach weiter – aus dem Sitzen und mit Klappstuhl am Po: „Schwester! Gibt es hier neue Sitten? Das Mädchen sagt, die Mutti ist ohne Termin drangekommen! Ohne Termin! Wo kommen wir da hin? Auf einen Schwatz in die Teestube, oder was? Das wird ja immer schöner! Das gab es noch nie!“
Jetzt rudert und japst die Dicke in der Hocke, aber Schwester Yasemin hilft ihr nicht aus der Klemme, im Gegenteil.

Ihre Stimme klingt leise, aber gefährlich, als sie zu der Frau spricht: „Frau Berckenkötter! Beruhigen Sie sich! Sofort! Es handelt sich um einen Notfall. Und Notfälle haben Vorrang. Wenn Ihnen das zu lange dauert, können Sie gerne einen neuen Termin bei Frau Zisch vereinbaren. Allerdings telefonisch, denn auch ich kümmere mich erst mal um den Notfall. Ich denke, Sie würden sich dasselbe wünschen, wenn es um Sie ginge. Aber heute, Frau Berckenkötter, geht es ausnahmsweise einmal nicht um Sie, sondern um einen echten Notfall, wenn Sie verstehen, was ich meine!"

Die Dicke versteht gar nichts, das kann ich sehen.

Und ich verstehe auch nicht.

Dabei spricht Schwester Yasemin eindeutig deutsch.

Ein Notfall?

Ist Mama ein echter Notfall?

SIEBEN

Mama sieht nicht wie ein Notfall aus, als sie aus Kabine drei kommt. Mama sieht aus wie eine Birke im Wind, die ihr Kleid falsch herum angezogen hat. Die Dicke starrt auf Mamas Dekolleté, das jetzt kein Hingucker mehr ist, weil das Rückenteil ihres Kleides vorne bis zum Hals hoch abschließt. Mama nimmt ohne ein Wort unser Stauraumwunder vom Stuhl und geht an der Dicken vorbei durch das Wartezimmer in die Anmeldung. Die Dicke zückt ihren Zeigefinger und schnauft, aber Mama sieht durch sie hindurch. Ich werfe die Zeitschrift zurück auf den Glastisch, schnappe mir meine Herzchentüte und beeile mich hinterherzukommen. Ich habe auf einmal ein ganz komisches Bauchgefühl.

In der Anmeldung hält Mama sich mit beiden Händen am Tresen fest, als ob ihr schwindelig sei. Und ich bin heilfroh, dass Schwester Yasemin erscheint. Ich kann grade noch hören wie sie „Jetzt nicht, Frau Berckenkötter!“ in das Wartezimmer zischt, bevor sie die Tür zur Anmeldung mit einem Rums hinter sich zuzieht. Auf dem Weg hinter den Anmeldetresen streichelt Yasemin mir im Vorbeigehen über die Haare, und da weiß ich, dass Mama tatsächlich der Notfall ist. Mit zehn ist man nämlich viel zu alt, um von irgendwelchen Leuten über die Haare gestreichelt zu werden, es sei denn, man tut den Leuten leid.

Yasemin reicht Mama ein Blatt Papier und streichelt dabei auch über ihre Hand, die eine, die sich immer noch am Tresen festkrallt.
„Frau Wilps, keine Panik. Morgen früh gehen Sie erst mal zur Mammographie und in zwei bis drei Tagen haben wir dann ein sicheres Ergebnis vorliegen. Bis dahin sollten Sie es unbedingt vermeiden, sich über ungelegte Eier den Kopf zu zerbrechen. Das ist sinnlos, wirklich, glauben Sie mir.“

Mama nimmt das Papier, dreht sich um und geht. Sie geht einfach aus der Tür. Sie vergisst das Stauraumwunder und ihre Tochter.
Ich bin unschlüssig, aber Schwester Yasemin drückt mir die Tasche in die Hand und drängt mich zum Ausgang.
„Lauf, Hedi“, sagt sie, „deine Mama braucht dich jetzt! Und wenn was ist, rufst du wieder hier an. Du oder der Papa.

Der Papa darf auch anrufen. Das kannst du ihm ausrichten. Hast du das verstanden, Hedi?“
Ich weiß nicht genau.
Ich habe Notfall verstanden und ungelegte Eier und sinnlos.
„Ja“, sage ich, dann laufe ich los.

Ich erwische Mama unten an der Kirche. Ich halte sie an ihrem Kleid fest, weil ich außer Atem bin und nicht sprechen kann. Sie dreht sich um und sieht mich an, als sei sie gerade aus einem Traum erwacht.
„Da bist du ja endlich“, sagt sie. „Komm, wir gehen nach Hause.“
Ich gebe Mama einen Henkel vom Stauraumwunder ab, das ich heute zwar locker alleine tragen könnte, weil wir nicht so viel eingekauft haben. Aber es fühlt sich trotzdem besser an, wenn wir die Last zu zweit tragen.

ACHT

Als wir nach Hause kommen, hat Papa die Herzchenwaffeln aufgegessen. Alle. Schmatzend gibt er Mama einen Kuss, nuschelt: „Himmlisch“, und redet dann wie ein Wasserfall drauflos. Das macht er immer, wenn er glücklich ist. Und heute ist er überglücklich, weil er auf seiner neuen Baustelle war und dort alles ganz genau nach Plan läuft. Papa liebt es, wenn seine Pläne aufgehen. Er lobt die Lieferanten, die pünktlich sind, die Bauarbeiter, die fleißig sind, seinen Assistenten, der den weltbesten Kaffee kocht und freut sich auf die Kinder, die begeistert sein werden, wenn

der neue Spielplatz in wenigen Wochen an den Start geht. Papa quatscht und quatscht, während Mama den rosafarbenen Zettel, den sie von Schwester Yasemin bekommen hat, mit einem Magneten an die Kühlschranktür pinnt und den Tisch für das Abendbrot deckt. Ich packe das Stauraumwunder aus und dabei denke ich über unser Frauengeheimnis nach. Ob das überhaupt noch ein Geheimnis ist oder ob wir jetzt darüber reden können?
Seit ich Mama im Badezimmer das Versprechen gegeben habe, sind zwei Wochen vergangen. Natürlich kann ich ein Geheimnis noch viel länger für mich behalten. Ich bin sogar richtig gut im Nicht-Verraten von Geheimnissen.

Als Tilda mir davon erzählte, dass sie ihre Mutter nachts vor dem offenen Kühlschrank auf dem Küchenboden erwischte, wie sie den Einkauf für eine ganze Woche in sich reinschaufelte, da habe ich das niemandem verraten. Bis heute nicht! Obwohl die Geschichte ganz schön unheimlich war. Aber wenn man unheimliche Geschichten mit jemandem teilt, sind sie meistens gar nicht mehr so unheimlich, sondern werden eher lustig. Die Geschichte von Tildas Mutter allerdings nicht. Die wurde nur immer gruseliger. Tilda behauptete, ihre Mutter habe so viel gegessen, dass sie nicht mehr vom Boden hochgekommen sei. Sie habe auf allen Vieren von der Küche bis ins Schlafzimmer kriechen und dort auf dem Flokatiteppich schlafen müssen, weil sie auch nicht mehr ins Bett hineingekommen sei.
„Sie sah in ihrem rosa Nachthemd aus wie eine Sau, die gleich fünfundzwanzig Ferkel kriegt“, hatte Tilda gestöhnt. „Bloß gut, dass mein Vater das nicht mehr mitgekriegt hat.“

Aber ich war mir nicht so sicher, ob das gut war. Das bin ich auch jetzt noch nicht. Denn Tildas Vater hat angeblich ganz schön lange nichts davon mitgekriegt, was seine Frau in sich reinstopft. Und er hat auch nicht bemerkt, dass Tilda seit Monaten den Einkauf alleine macht. Und alleine das Geld von der Bank abhebt. Und alleine die Bücher in die Bibliothek zurückbringt. Weil Tildas Mutter nämlich nicht mehr das Haus verlässt. Nicht mal, um einen Weihnachtsbaum zu kaufen.

Und als Tildas Papa das dann endlich mitkriegte, da zog er aus. Einfach so. Zack, weg war er. Das fand ich merkwürdig. Und das habe ich Tilda auch gesagt, weil sie meine Freundin ist, und Freundinnen sagen sich die Wahrheit. Meine Wahrheit wollte Tilda aber nicht so gerne hören.
„Spinnst du, was hat mein Vater damit zu tun, dass meine Mutter verfressen ist?“, fauchte sie mich an. „Das ist doch bescheuert! Denkst du etwa, mein Vater hat so lange nichts gesagt, weil er auf fette Frauen steht?“
Das denke ich aber nicht. Ich denke, dass Tildas Vater eine Zitterpappel ist. Und ich denke, dass die Zitterpappel sich für den Weihnachtsbaum schämt. Dass Tildas Vater deshalb Tildas Mutter an Heiligabend verlassen hat. Heimlich, still und feige. Und ich denke, dass meine Freundin den Wald vor lauter Bäumen nicht sehen will.
Aber das alles habe ich natürlich nicht gesagt. Weil es ätzend ist und altklug. Und deshalb habe ich dann einfach meinen Mund gehalten. Dabei hätte ich zu gerne gewusst, wie man nichts davon mitkriegen kann, wenn die eigene Frau sich so dermaßen verwächst. Denn Tildas Mutter sah nicht immer aus wie ein Weihnachtsbaum. Früher war sie

mehr ein Ahorn. Stark und groß, aber schön. Natürlich nicht so schön wie meine Mutter, die jetzt die Teller auf den Tisch stellt, aber doch schön.

„Und ihr zwei Hübschen, was habt ihr so gemacht?“, unterbricht Papa plötzlich sein eigenes Gequassel, aber Mama reagiert nicht. Sie hängt mit ihren Gedanken irgendwo auf dem Abendbrottisch fest. Zwischen ihren Augen zieht sich wieder die eine Falte über die Stirn und es sieht aus, als müsste sie angestrengt nachdenken, ob drei Menschen wirklich dreimal Besteck brauchen. Schließlich ist sie fertig mit ihrer Rechnung, dreht sich zur Besteckschublade und holt tatsächlich drei Messer und drei Gabeln heraus.

Ich lege das Baguette, den Frischkäse und die Oliven aus dem Stauraumwunder auf den Tisch und antworte, weil es nicht so aussieht, als hätte Mama Papas Frage gehört.
„Wir waren in der Stadt“, sage ich und meine Stimme klingt heiser. „Bei Carlotta.“
„Aha“, stellt Papa fest, aber ich merke gleich, dass er mit der Antwort nicht zufrieden ist. Er schielt auf Mamas Stirnfalte und wartet. Ich überlege, ob ich von den Zimtsohlen, dem Leseknochen oder meinen Bustiers erzählen soll.
„Danach waren wir einkaufen“, fange ich an, aber Papa hört mir nicht zu. „Frauensachen“, sage ich deshalb ein bisschen lauter. Und weil Papa immer noch nicht reagiert, krächze ich: „Mir wachsen Brüste!“ über den Tisch. Dann fällt mir nichts mehr ein.

„Lisbeth?“ Papas Stimme klingt wie ein leiser Wind, der durch die Bäume rauscht. „Lisbeth, geht es dir gut?“

Mama hebt den Kopf. Dann rutscht ihr das Besteck aus der Hand und fällt klirrend auf die Tischplatte. Mamas Augenlider flattern. Und nur wenige Sekunden später liegt sie da, auf den Fliesen. Die schönste Birke der Welt. Gefällt.

NEUN

Das Erste, was Tilda fragt, ist: „Wird deine Mama jetzt dick?“ Dicksein beschäftigt meine Freundin in diesem Jahr am meisten. Tilda hat schreckliche Angst, dick zu werden. „Nie, nie, niemals will ich so aussehen wie meine Mutter!“, hat sie zu Weihnachten in unserem Badezimmer geschworen und mir die kleinen Kapseln gezeigt, die das notfalls verhindern sollen. Dabei ist es nicht wahrscheinlich, dass Tilda jemals so aussehen wird wie ihre Mutter. Sogar noch unwahrscheinlicher, als dass ich jemals so aussehen werde wie meine Mutter, und auch das ist schon sehr unwahrscheinlich. Traurig ist es natürlich auch. Aber nicht so traurig, dass ich jeden Tag mit meiner Freundin darüber reden muss. Und Tilda redet nicht nur. Vor einer Woche hat sie mit ihrer neuen Diät angefangen. Die dritte in diesem Jahr, aber die erste, die sie ganz gewiss durchhalten wird, notfalls mit den kleinen Kapseln. Die Kapseln sehen aus wie Gummibärchen, sind aber steinhart. Man muss sie mit viel Wasser hinunterschlucken, dann lösen sie sich auf und auch alles andere, was da im Magen grade verdaut werden soll. Und dann will das Aufgelöste raus. Allerdings nicht mit einem kleinen Pups, sondern mit einer richtigen Lawine.
Zu Weihnachten hat Tilda die Dinger angeschleppt, die sie bei ihrer Mutter im Nachttisch gefunden hat. Seit Tildas

Vater weg ist, versucht Tildas Mutter nämlich abzunehmen. Und weil das mit der Diät anscheinend nicht so gut klappt, hat sie sich die Dinger gekauft. Besser gesagt, von Tilda kaufen lassen. Denn Tildas Mutter will erst abgenommen haben, bevor sie sich wieder auf der Straße zeigt. Die Dinger gibt es rezeptfrei in der Drogerie zu kaufen. Tilda prahlte, dass es Zauberkapseln seien, die alles aus dir rauskriegen würden, was versehentlich in deinem Magen gelandet sei und danach nicht auf deinen Hüften landen soll.
Weil ich das für ein Märchen hielt, sagte ich: „Du spinnst ja."
Aber Tilda meinte: „Wetten doch?"
Ich habe gewettet. „Wenn es nicht klappt mit den Kapseln, dann hörst du mit deinen blöden Diäten auf und wir kaufen uns gleich nach der Weihnachtsgans noch eine Portion Pommes mit Mayo, versprochen?"
Und weil Tilda, die Pommes mit Mayo über alles liebt, es hoch und heilig – um der alten Zeiten willen sogar mit Indianerehrenwort – versprochen hat, deshalb und nur deshalb habe ich den Badezimmerschlüssel gegessen. Ich gebe zu, das war bescheuert! Es war auch gar nicht mal so leicht, denn Schlüssel sind nicht zum Essen gedacht. Sie kratzen im Hals und bleiben stecken, bis man husten oder ersticken muss. Tilda bekam einen Riesenschreck, schlug mir auf den Rücken und *schwups*, rutschte der Schlüssel aus meinem Hals hinunter in meinen Bauch. Aber da bekam Tilda gleich noch mehr Angst, weil auf der Packung ihrer Zauberkapseln natürlich nichts davon stand, dass die Dinger auch Eisen auflösen. Doch ich dachte, wenn zwei Kapseln Oma Gerlindes Weihnachtsgans auflösen, die mir wirklich schwer im Magen lag, dann lösen zwanzig Kapseln viel-

leicht auch einen Eisenschlüssel auf. Nur war das leider ein Irrtum! Zwanzig Kapseln lösten nämlich ziemlich genau ein neunjähriges Mädchen auf, das vor Schmerzen gar nicht mehr klar denken konnte. Papa musste die Badezimmertür aufbrechen und mich ins Krankenhaus fahren, wo mir eine Ärztin etwas Ekeliges zu trinken gab, das wirklich alles aus mir rausspülte. Allerdings konnte man nur das Rotkraut und den Schlüssel in der Kloschüssel gut erkennen, wo ich beides gleich runtergespült habe, weil mir das Ganze unendlich peinlich war. Dann durften wir wieder nach Hause fahren, wo ich mich unter dem Weihnachtsbaum ausruhen konnte und Mama mir Tee kochte – einen gegen die Bauchschmerzen und einen gegen die Dummheit. In der Küche spülte Oma Gerlinde geräuschvoll das Geschirr und schimpfte wegen der Weihnachtsgans, die auch aus mir rausgespült wurde, SO sinnlos das ganze Spektakel!

Ausnahmsweise musste ich Oma Gerlinde recht geben.
Die ganze Aktion war sinnlos! Denn obwohl ich die Wette gewonnen hatte, ging Tilda weder mit mir Pommes essen, noch hörte sie mit ihren Diäten auf. Und diese Diäten sind SO sinnlos, wenn man – wie Tilda – schon dünn ist. Deshalb macht mich ihr Gequatsche heute auch richtig wütend. Ich ärgere mich, dass ich sie überhaupt ins Baumhaus eingeladen habe. Als wäre der Blick auf die verstümmelten Platanen nicht traurig genug, hält Tilda mir auch noch ihre blöden Kapseln unter die Nase.
„Ich mein ja nur, falls deine Mama jetzt fett wird. Seit meine Mutter ihre Tabletten kriegt, ist sie nämlich noch fetter geworden!"
„Dann gib sie besser deiner Mutter zurück!", raunze ich Til-

da an. „Meine Mutter hat nämlich kein Fett. Und auch keine Depressionen. Meine Mutter hat Krebs."

ZEHN

Mama probiert keine neuen Rezepte mehr aus. Wenn Mama nur ans Essen denkt, wird ihr nämlich schlecht. Aber weil wir anderen trotzdem essen müssen, kommt Oma Gerlinde jeden Mittag, wenn ich noch in der Schule bin, mit den Einkäufen ins Haus und stellt sich bei uns an den Herd. Oma Gerlinde kocht Gerichte ganz ohne Tinnef, für die sie keine Rezepte braucht und die super schmecken, obwohl sie Namen haben wie „Tote Oma", „Kalter Hund" oder „Armer Ritter".

Auch wenn Papa zu Hause ist, sitzen wir meist nur zu zweit in der Küche und mampfen stumm vor uns hin. Spätestens beim Nachtisch will Oma Gerlinde dann aber doch wissen, wie mein Tag war. Eigentlich mag ich nichts von meinem Tag erzählen, denn mein Tag ist jetzt immer gleich doof. Ich stehe auf, esse mein Müsli, schmiere meine Brote, putze meine Zähne, packe meine Sachen, gehe in meine Schule, mache meine Aufgaben, fertig. Dann komme ich nach Hause, esse mit Oma zu Mittag, mache meine Hausaufgaben, liege auf meinem Bett, starre an meine Decke oder lausche an Mamas Schlafzimmertür. Wenn ich kein Stöhnen höre und kein Ächzen, dann gehe ich hinein, setze mich eine Weile an ihr Bett und erzähle Lügengeschichten von meinem Tag und Dingen, die gar nicht passiert sind, und die Mama aufheitern sollen, was mir aber selten gelingt. Das

echte Aufheitern schafft nur Carlotta, die uns jetzt jeden Abend besucht, nachdem sie ihre Buchhandlung geschlossen hat und wenn Susa für sie einspringt, auch früher. Sobald Carlotta da ist, kann ich hin und wieder ein Kichern aus Mamas Schlafzimmer hören, was mich zwar glücklich, aber auch ein bisschen neidisch macht.
Ich schätze, ich bin wie Papa, der auch eine schlechte Krankenschwester ist und der nur noch selten aus seinem Arbeitszimmer kommt und dafür langsam aussieht wie der Mann, der mit seinem Dackel im Stadtpark wohnt: zerknittert und zugewachsen.
Wenn wir uns zufällig im Flur begegnen, streicht Papa mir durchs Haar und sagt komische Dinge wie: „Na, Kleine, alles paletti?“, die sich überhaupt nicht nach Hanno Wilps anhören, sondern nach den Bauarbeitern aus dem Wendehammer, die Karl-Heinz heißen oder Ronny, und die sich in immer guter Laune anschreien, besonders, wenn Papa ihnen ein kaltes Bier rausbringt, was er nun jeden Tag macht. Dabei mag Papa überhaupt kein Bier, aber Kaffee will auf der Baustelle niemand mit ihm trinken.

Karl-Heinz, Ronny und die anderen sind jetzt voll in Aktion. Jeden Morgen, wenn ich aus dem Haus gehe, rollen sie in ihren Baustellenfahrzeugen und Betonmischern und Kränen an, und Mamas Taxi, das sie in die Klinik bringt, muss rückwärts aus dem Wendehammer fahren, weil vor lauter Fahrzeugen kein Platz zum Wenden ist. Einmal ist Mama dabei schlecht geworden und sie hat ins Taxi erbrochen. Mama hat sich tausendmal entschuldigt, aber Herr Gerhard war absolut gelassen und wollte nicht mal unsere Hilfe beim Saubermachen annehmen oder Geld für

die Reinigung. Herr Gerhard fährt nämlich seit Jahren nur Krebskranke, von morgens bis abends, und da kommt sowas wohl öfter mal vor. Trotzdem mag Herr Gerhard seine Kunden. Er holt sie von zu Hause ab, bringt sie zur Strahlenbehandlung in die Klinik, und wenn sie fertig bestrahlt sind und einen Stempel in ihr blaues Heft gekriegt haben, fährt er sie wieder nach Hause.
Aber lange wird Herr Gerhard nicht mehr zu uns kommen. Mamas Behandlung ist nämlich schon bald zu Ende. Frau Zisch, die Papa anrief, nachdem Mama in der Küche ohnmächtig geworden war, behauptet, Mama hatte nicht nur Glück, sondern auch ein sehr gutes Brustgefühl.
Denn weil sie den Knoten in ihrer Brust so früh bemerkt hat, konnte der sich erst gar nicht richtig auswachsen. Gleich bei der Mammographie, zu der ich nicht mitkommen durfte, und wo Mama ihren Busen auf eine Platte legen musste, damit er durchleuchtet wird wie unsere Taschen am Flughafen, wenn wir nach Schweden fliegen, haben die Röntgenärzte den blinden Passagier entdeckt. Und kurz darauf haben sie zusammen mit den Ärzten aus der Uniklinik eine Konferenz einberufen und einen Plan geschmiedet, wie sie ihn aus Mamas Brust wieder rausholen.

Schließlich hat Mama das blaue Heft bekommen, wo der Plan ganz genau aufgezeichnet ist, und der geht so: Als Erstes fährt sie mit Gerhard drei Wochen lang jeden Tag in die Klinik. Dort bekommt Mama im Wechsel Chemo- und Strahlentherapie. Bei der Chemotherapie werden Mama über eine Kanüle im Arm Medikamente ins Blut gespritzt und bei der Strahlentherapie wird ihre linke Brust ein paar Sekunden lang mit gefährlichen Strahlen beschossen. Bei-

des, die Medikamente und die Strahlen, macht, dass die Krebszellen zerstört werden und der Knoten in Mamas Brust klitzeklein wird.
Und dann wird der klitzekleine Krebsknoten entfernt.
Dann ist in zwei Tagen.
Dann hat Mama es geschafft.

Sie wird nur zwei kleine Narben behalten. Eine an der Brust, die sie aufschneiden, um den Krebsknoten herauszunehmen, und eine an der Schläfe, wo Mama gegen den Küchenschrank geknallt ist, weil Papa und ich nicht schnell genug waren, sie aufzufangen.
„Zwei Narben sind nichts", sagt Oma Gerlinde mit Bestimmtheit, räumt die Teller ab, wischt mein Geklecker vom Tisch und kocht zum Nachtisch Rote Grütze. Eine Schüssel stellt sie in den Kühlschrank, damit Mama zugreifen kann, wann immer sie Appetit verspürt, auch mitten in der Nacht. „Dass sie was isst, ist das Einzige, worauf du achten musst!", hat sie Papa ermahnt. „Alles andere überlässt du besser den Ärzten, die haben das nämlich studiert!"
Tatsächlich sind ihre Schüsseln morgens manchmal angefuttert, und auch wenn Oma kein Wort sagt, kann ich sehen, dass es sie freut. Deshalb verrate ich ihr auch nicht, dass Papa der Kühlschrank-Räuber ist. Papa, der jetzt jede Nacht über dem Laptop hängt und heimlich alles, was er über Brustkrebs finden kann, liest. So lange, bis er mit dem Kopf auf der Tastatur einschläft. Aber wie gesagt, ich kann ein Geheimnis für mich behalten. Und in diesem Fall ist das unbedingt wichtig. Denn Papa hat bei seiner Mutter grade gar nichts zu melden. Das ist ungewöhnlich genug und liegt bestimmt daran, dass Brustkrebs für Oma Gerlinde

auch so eine untenrum Sache ist, aus der Männer sich besser raushalten sollten.

ELF

Heute haben wir nach der vierten Stunde hitzefrei. Obwohl ich auf dem Heimweg trödle, läuft mir der Schweiß an den Armen hinunter. Die Bauarbeiter im Wendehammer haben ihre T-Shirts ausgezogen und machen Mittagspause im Schatten. Dazu haben sie das Werbeschild für die neue Siedlung aus dem Boden gerissen und daraus einen Sonnenschutz auf Stelzen gebaut. Unter dem Brett liegen Karl-Heinz und Ronny im Staub und ein dritter reicht ihnen Bierflaschen aus der blauen Kühlbox.
Weil die Grundrisse der neuen Häuser schon abgesteckt und die Keller bereits ausgehoben sind, sieht es von Weitem so aus, als lägen die Männer in einem verlassenen Freibad. Nur, dass es in den zwölf quadratischen Becken kein Wasser gibt. Und drumherum auch keine Wiese. Und keinen Kiosk, an dem man Eis kaufen kann. Dabei ist Eis bei diesem Wetter überlebenswichtig!

Im Haus ist es kühl. Ich rufe: „Ich hab hitzefrei!“, in den Flur, aber niemand antwortet. Ich gehe in Papas Arbeitszimmer, um mir Geld für ein Eis zu holen, aber Papa ist nicht da, und auch seine Turnschuhe sind verschwunden. Und da erinnere ich mich, dass er heute Abnahme von seiner Baustelle hat. Abnahmen sind große Tage für Papa, denn da haben die Bauarbeiter seinen Spielplatz fertig gebaut und eine Mega-Schleife drumherum gebunden, die Papa mit einer riesigen Spielzeugschere zerschneiden darf. Neben Papa steht eine Horde Kinder, die aufgeregt sind, weil sie als Erste losstürmen und losspielen dürfen. Eigentlich sind sie die Zweiten. Denn bevor die Schleife geknotet und die Baustellenabsperrung weggeräumt wird, bin immer ich die Erste. Aber das verrät Papa natürlich nicht, und sogar ich halte meine Klappe, denn auch die Kinder wollen sich einmal im Leben besonders supertrendyglitzerglamourmäßig fühlen, jeder will das.

Gestern hat Papa mich gefragt, ob ich bei seinem großen Tag wie immer dabei sein mag, und welche Krankheit er mir dieses Mal in meine Entschuldigung für die Schule schreiben soll. Aber ich habe gesagt, lieber möchte ich dieses Mal an Mamas großem Tag dabei sein, und der ist morgen. Und dann hab ich noch gesagt: Für den Tag, an dem Mama der klitzekleine Krebsknoten aus der Brust geschnitten wird, kann Papa mir in die Entschuldigung schreiben, dass ich Baumschmerzen habe. Natürlich hat Oma Gerlinde mich gleich verbessert, dass es Bauchschmerzen und nicht Baumschmerzen heißt. Aber Oma Gerlinde hat nicht nur keine Ahnung von untenrum Frauendingen, sondern auch keine Ahnung von Bäumen und davon, wie schrecklich weh das tut, wenn Männer mit Kettensägen kommen und an deinem Lieblingsbaum herumschnippeln.

Immerhin hat Oma Gerlinde Ahnung vom Gemüseschnippeln. Das macht sie sogar stundenlang, ohne zu knurren. Doch noch sind die Töpfe in der Küche leer, denn heute ist Dienstag und Oma Gerlinde geht jeden Dienstag, Donnerstag und Samstag auf den Wochenmarkt, um dort frisches

Gemüse zu kaufen. Der Supermarkt ist nichts für sie. Zu unübersichtlich. Zu viel sinnloses Zeug, mit dem sie absolut nichts anfangen kann, behauptet sie. Und trotzdem finde ich heute im Tiefkühlschrank Kaktuseis, das eindeutig aus dem Supermarkt kommt und noch dazu mein Lieblingseis ist! Ich überlege, woher Oma Gerlinde das wissen könnte, während ich voller Freude das Papier aufreiße. Die Spitze des Kaktuseises, das eigentlich nur stinknormales Wassereis ist, ist nämlich das Beste. Denn da hat der Kaktus Stacheln aus Knisterbrause, die im Mund explodiert. Manchmal so, dass es in den Ohren knackt und mindestens so, dass es auf der Zunge brizzelt, was ich liebe und weshalb ich mir oft heimlich noch ein zweites Eis hole. Aber dazu kommt es heute nicht, weil ich nämlich das erste schon nicht schaffe. Gerade als es anfängt, auf der Zunge zu knistern, höre ich von nebenan ein Geräusch. Nebenan ist das Badezimmer. Und das Geräusch hört sich an wie ich mich angehört habe, als ich zu Weihnachten Tildas Zauberkapseln und den Badezimmerschlüssel verschluckt habe. Unheimlich.

Aber weil ich den Schlüssel im Krankenhausklo runtergespült habe, ist die Tür zu unserem Badezimmer offen und ich kann nachsehen, wer genauso eine blöde Idee hatte wie ich.
Es ist Mama.
Sie kniet auf dem Boden und hält sich mit beiden Armen an der Kloschüssel fest. Sie würgt und stöhnt und ächzt, als hätte sie mindestens zehn Schlüssel verschluckt. Dann geht ein Ruck durch Mamas Körper, und ich laufe zu ihr, um die Haare, die wie die Äste einer Trauerweide über die Klobrille hängen, nach hinten zu streichen und festzuhal-

ten, bevor der Sturm losgeht. Und er geht los. Mit jeder Böe kommt in kurzen Abständen milchig weißer Schaum herauf. Sechs Mal tobt der Sturm durch die Trauerweide. Nach der letzten Böe kriecht ein erschöpftes Seufzen aus der Kloschüssel. Ich knie mich hinter Mama und lege meinen Kopf vorsichtig zwischen ihre Schulterblätter. Ganz leicht wiegen wir uns im Wind.
Lange.
Dann löst Mama sich aus der Umarmung mit der Kloschüssel und tastet hinter sich. Ich nehme ihre kalte Hand und reibe sie auf meinem Oberschenkel warm.
Mamas Stimme ist nur ein leises Elfenflüstern.
„Danke Hedi. Kannst du mir aufhelfen?"

Ich kann. Es ist auch gar nicht schwer, weil Mama in den letzten Wochen nämlich ziemlich dünn geworden ist. Als ich sie wieder auf den Beinen habe, wackelt sie noch ein bisschen, und deshalb stütze ich sie auf dem Weg zum Waschbecken, wo sie sich das Gesicht waschen will, das jetzt beinahe durchsichtig ist.
Wir machen alles ganz langsam.
Ich reiche ihr ein Handtuch und später eine Bürste, weil die Trauerweide sich wieder in eine Birke verwandeln möchte. Aber die Elfe hat keine Kraft mehr und deshalb kämme ich sie, während sie sich mit ihren Flügeln am Waschbecken abstützt. Im Spiegel sehe ich die Bürste, die sich bei jedem Strich mit Haaren füllt, unendlich viele Haare, ganze Büschel Elfenhaar ausreißt, obwohl ich doch so behutsam bin. Meine Hand fängt an zu zittern und ich traue mich nicht, nach unten zu gucken auf das, was übrig bleiben wird von der Weide, die mitten im Sommer all ihre Blätter verliert.

Das Zittern läuft durch meinen ganzen Arm bis hinauf in den Nacken, ich kann es nicht abstellen. Mama hebt den Kopf und unsere Blicke treffen sich im Spiegel. Wir haben beide die gleiche Augenfarbe. Blau. Mamas Blau schwimmt durch die Trauerweide. Eine Strähne hängt ihr über das Auge und Mama will sie aus dem Gesicht streichen, doch die Haare segeln auch ohne Sturm wie welke Blätter ins Waschbecken. Mama sieht ihnen nicht nach.
Stattdessen dreht sie sich zu mir um und breitet ihre Elfenflügel für mich aus.
„Komm her, meine Große. Ich hab dich lieb. Morgen ist alles vorbei."

So stehen wir.
Ich muss weinen, weil heute noch nicht morgen ist, aber auch, weil Mama mich lange nicht mehr in die Arme genommen hat und es sich da, wo ihr Herz jetzt wieder ruhig und gleichmäßig klopft, so gut anfühlt.

Schließlich habe ich mich ausgeweint.
Mama reicht mir ein Handtuch für mein Gesicht.
Und dann Papas Rasierer. Sie setzt sich auf den Klodeckel, genauso, wie ich es sonst mache, wenn ich ihr beim Baden zusehe.
„Du kannst das", ermutigt sie mich lächelnd und zeigt auf die Reste der Trauerweide. „Los, weg mit dem sinnlosen Tinnef!"

ZWÖLF

Oma Gerlinde kommt nicht mit. Sie behauptet, Krankenhäuser sind ähnlich wie Supermärkte: nicht sinnlos, aber auf jeden Fall zu unübersichtlich. Und Oma Gerlinde hat recht. Das Krankenhausgelände ist riesig!
Eigentlich ist es eine richtige Stadt, mit einer Stadtmauer aus Backsteinen und sogar einer eigenen Buslinie, die Besucher und Patienten von Haus zu Haus fährt, damit sie sich nicht verlaufen. Aber wir brauchen den Bus nicht. Papa hat Turnschuhe mit frischen Zimtsohlen an und außerdem einen Plan. Er geht mit uns durch das Haupttor, vorbei an einem Blumenladen, einem Kiosk, einem Briefkasten und dem Bistro für Patienten und Besucher, immer weiter geradeaus. Als wir an der Kapelle vorbeikommen, wischt Papa mit seiner Hand unbestimmt durch die Luft.
„Hier war mal was geplant, von wegen Spielplatz, mein Konzept war denen aber zu heikel, also ist nichts daraus geworden“, erklärt er so nebenbei, als sei es das Normalste der Welt. Dabei weiß ich genau, dass Papa richtig wütend werden kann, wenn seine Spielplatz-Pläne nicht aufgehen und sich die Leute dann doch für die superöde Nummer mit Schaukel, Rutsche und Sandkasten entscheiden, meistens weil sie Angst vor Verletzungen haben. Dabei sind die superöden Spielplätze genau die, auf denen die schlimmsten Unfälle passieren, schimpft Papa dann immer. Weil den Kindern auf denen nämlich so schnell so langweilig wird, dass sie erst recht auf dumme Ideen kommen, zum Beispiel auszuprobieren, wie schnell man mit dem Skateboard eine Rutsche hinunterfahren kann, oder ob der Sand im Kasten tief genug ist, um einen Men-

schen komplett einzugraben. Und solche Ideen gehen gerne mal ins Auge.

Deshalb mache ich Papa auch nicht auf den Jungen aufmerksam, dem der Krankenhausspielplatz wohl auch zu langweilig ist und der jetzt – anstatt auf dem hölzernen Wackelbalken – lieber oben auf der Stadtmauer balanciert, was gewagt, aber, zugegeben, echt cool aussieht. Der Junge geht nämlich ziemlich schnell und hat die Hände noch dazu in den Hosentaschen stecken. Seine schulterlangen Haare wippen bei jedem Schritt, und es sieht aus, als wollte er jeden Moment losrennen. Gingko! Er sieht aus wie ein zartes Gingko-Bäumchen. Ich folge dem Jungen aus den Augenwinkeln, was einfach ist, weil er dieselbe Richtung nimmt wie wir, aber viel Auswahl hat er da oben ja auch nicht. Ich überlege, wie er da hinaufgekommen sein kann, denn die Mauer ist locker vier Meter hoch und ich kann weit und breit keinen Baum entdecken, von dem aus er hinaufgeklettert sein könnte. Hier in der Krankenstadt gibt es überall nur Blumenbeete und Sträucher und Kunst aus Marmor und Bronze, die aber auch nicht grade überragend ist.

Als wir nach der Dermatologie (Papa übersetzt: Hautklinik) und der HNO (Papa übersetzt: Hals-Nasen-Ohrenklinik) links am Gebäude für Augenheilkunde vorbeilaufen, verliere ich die Stadtmauer und den Jungen aus den Augen, weil sich davor das „Zentrum für seltene Erkrankungen“ breitmacht.
Aber Brustkrebs ist anscheinend keine seltene Erkrankung, jedenfalls spurtet Papa in seinen Turnschuhen weiter ge-

radeaus. Vor jedem Gebäude, an dem wir vorbeikommen, gibt es grüne Infotafeln, auf denen geschrieben steht, was in dem Gebäude zu finden ist. Und an jeder Querstraße, die von der Hauptstraße abbiegt, gibt es orangefarbene Wegweiser, auf denen geschrieben steht, welche Gebäude sich hinter den vorderen Gebäuden noch so verbergen.
Wir haben bereits die Innere Medizin, die Psychiatrie (Papa übersetzt: Kopfkrankheiten, aber Mama korrigiert: Seelenkrankheiten) und die Zahnheilkunde überholt, als mir plötzlich etwas bekannt vorkommt: die Brücke!

Über die Hauptstraße verbindet eine Brücke aus Glas zwei große Gebäude, die beide von der Straße über Rampen und Treppen zu begehen sind. Also über die Treppen geht man natürlich nur, wenn man noch gehen kann. Ansonsten wird man auf einer Bahre über die Rampe gefahren, zum Bespiel, wenn man gerade vom Klettergerüst gefallen ist und vor Schmerzen fast explodiert. Das hier ist nämlich die Notaufnahme! Zwei riesige Pfeile, die an der Brücke hängen, zeigen den Taxi- und Krankenwagenfahrern den Weg und auch gleich an, welche der automatischen Glastüren der Patient nehmen muss.
Links geht es in die Notaufnahme für Kinder- und Jugendmedizin, außerdem in die Chirurgie. Da darf man rein, wenn eine Verletzung sofort behandelt oder operiert werden muss, also egal, ob man ein Kind ist oder ein Erwachsener, der sich beim Baumhausbauen in den Fuß gesägt hat und mit fünf Stichen genäht werden muss.
Rechts geht es in die Notaufnahme für Geburtshilfe und Frauenheilkunde, dazu muss man erwachsen sein und eine Frau, logisch. Ich finde Notaufnahme und Frauenheilkunde

hört sich bei Brustkrebs eigentlich ziemlich gut an, aber Papa läuft unter der Brücke einfach weiter geradeaus, vorbei an dem Wegweiser „Entbindungsstation“ und am Parkscheinautomaten.
Langsam schmerzen meine Füße und ich frage mich, warum wir nicht mit dem Auto gefahren sind, wenn die hier eine Straße haben und sogar ein Parkhaus, aber ich traue mich nicht, das laut zu sagen, weil alle mit ihren eigenen Gedanken beschäftigt sind.
Auf einer Bank neben dem Parkscheinautomaten sitzt eine Frau, die mich an die Dicke aus Frau Zischs Praxis erinnert, jedenfalls hat sie auch ein rotes Gesicht und dieselben Pudellöckchen. Nur dass diese hier jünger ist und glücklich. Sie hat es sich mit einem Kissen in der Sonne gemütlich gemacht und wippt glucksend eine Babyschale, die neben ihr auf der Bank steht. Und dann sehe ich die Lösung des Gingko-Jungen-Rätsels!

Denn hinter der Bank mit der glücklichen Frau steht ein Baum. Und der ist hoch! Höher als die Stadtmauer, höher als meine Platanen, höher als die Baukräne im Wendehammer, himmelhochjauchzend.
Aber der Baum ist nicht grün. Er ist knallbunt. Ich kapier nicht gleich, was das ist. Aber dann. Seltsam!

Mama sieht den Baum auch. Ihre Schritte werden langsamer und ihre Augenlider beginnen zu flattern. Ich kriege Angst, dass sie jetzt umkippt, so kurz vor dem Ziel, aber genau in diesem Moment schiebt sich Carlotta ins Bild. Ihr roter Schopf leuchtet in der Morgensonne wie ein Feuerball. Carlotta winkt und kommt uns entgegen. Dabei gibt sie den Blick auf den orangefarbenen Wegweiser frei, unter dem ein struppiger Dackel friedlich in der Sonne döst.

Auf dem Schild steht „Brustkrebszentrum“, und ein Pfeil zeigt in die Richtung des allerletzten Gebäudes dieser riesigen Krankenstadt.
Mama nimmt mich an die Hand.
Ein zarter Elfendruck und meine Angst verschwindet.
Gleich haben wir es also geschafft.

RICHARD DENKT

EINS

Bei Punkt einundsiebzig ist sie eingeschlafen. Ich versuche, Jessica den Kugelschreiber aus der Hand zu drehen, aber sie hält ihn auch im Schlaf fest und ich schmiere nur die Bettdecke voll, also gebe ich auf.

Ich lasse mich wieder in den Sessel plumpsen und starre auf die Wolldecke, die ordentlich gefaltet über dem Fußende des Bettes hängt.

Die Decke ist ein Geschenk von Jessicas Bruder aus dem ersten Winter. Zweihundertvierundzwanzig kunterbunte Quadrate mit einer sonnengelben Borte. Die Decke ist selbst gehäkelt, aber natürlich nicht von meinem Onkel, der sie für wenig Geld auf dem Flohmarkt am Fluss gekauft hat, die Flöhe gabs gratis dazu. Brunhilde schickte die Decke drei Mal in die Wäscherei, bis sie Jessica erlaubte, sie zu benutzen. Dann endlich durfte Leo seine Schwester damit zudecken. Er zog Jessica die Decke bis zum Kinn hinauf, sodass ich jedes einzelne Quadrat sehen und zählen konnte. Zweihundertvierundzwanzig Stück.

Bei hundertvierunddreißig ist Leo abgehauen. Angeblich, weil draußen sein Dackel auf ihn gewartet und geweint hat.

Ich glaube nicht, dass Hunde weinen können.

Leo schon.

Er heulte wie ein Schlosshund. Aber erst, als die automatische Glastür ihn unten ausgespuckt hatte. Seinen Körper schüttelte es richtig durch. Das konnte ich sogar von meinem Platz im ersten Stock hinter halb geschlossenen Jalousien noch erkennen.

Trotzdem besuchte er uns das nächste Mal erst wieder im Sommer. Weil Hunde nicht hinein dürfen, gingen wir zu Jürgen hinaus. Jürgen sah ziemlich vergnügt aus. Er sprang jedenfalls gleich zu Jessica in den Rollstuhl und machte es sich auf ihrem Schoß gemütlich. Leo deckte die Wolldecke über die beiden und ich schob sie in die Sonne, damit Jessica auftaut. Seit wir hier sind, friert sie eigentlich immer. Egal, ob Sommer oder Winter.

Ich stehe auf, nehme die Wolldecke vom Fußende des Bettes und breite sie über der weißen Bettdecke aus, die so steif ist, als wäre sie gefroren. Danach probiere ich noch ein letztes Mal, Jessica den Kuli aus der Hand zu schrauben, aber ich habe keine Chance. Ihr Griff ist immer noch bombenfest. Und ihre Hände sind eiskalt. Ich ziehe die Wolldecke über die Hand mit dem Kuli und auch über die mit dem Papier bis unter ihr Kinn. Jessica ist so dünn, dass die Decke keine Falten wirft. Ich kann zweihundertvierundzwanzig kunterbunte Quadrate sehen und ich könnte sie zählen, wie ich es schon so oft getan habe. Aber bei vierundsechzig rot fangen heute die Vierecke vor meinen Augen an zu verschwimmen und ich muss die Blickrichtung ändern.

Draußen tanzen die ersten dicken Schneeflocken. Tanzen ist Punkt drei. Punkt drei ist vorgerückt, Tanzen war mal auf siebzehn oder achtzehn. Ich muss herauskriegen, was auf Punkt eins und zwei steht.
Ich muss was machen.
Weihnachtsgeschenke einkaufen vielleicht.
Und einen Weihnachtsbaum.

Obwohl ich nicht glaube, dass Jessica zu Weihnachten nach Hause darf. Nicht in diesem Jahr. Aber ich könnte einen aus Plastik kaufen, so einen kleinen, für den Nachttisch hier. Beim Türken in der Louisenstraße habe ich die gesehen. Fix und fertig geschmückt mit Tannenzapfen, Kugeln und LED-Lichterkette im Blinkmodus. Kitschig ohne Ende, das würde Jessica gefallen. Ich muss es ihr schön machen. Muss es uns schön machen.
Ich muss mich bewegen.
Jetzt!
Auf dem Gang sind Stimmen zu hören. Ich erkenne Brunhildes und die von der Neuen mit der Brille. Mir ist kalt, und ich bin müde. Ich stemme mich aus dem Sessel und setze mich in Bewegung.

Irgendwas ist passiert, während ich Quadrate gezählt habe. Auf der Station ist helle Aufregung. Die mit der Brille drückt ihre Nase an der Fensterscheibe platt und fuchtelt wild mit den Armen. Ruft was von Feuerwehr und dass ein Sprungtuch her muss! Doktor Asmann will sie beruhigen, aber das klappt nicht, die ist total hysterisch.
Mal sehen, wo es brennt.

Ich gehe zum Fenster, vor dem sich jetzt schon einige Kittel und auch ein paar Besucher versammelt haben. Brunhilde macht mir Platz, damit ich bis zur Scheibe vor kann. Ich brauche ein bisschen, bis ich überhaupt kapiere, was ich da sehe.
Das Baummädchen ist wieder da!
Die kleine Rothaarige. Sie sitzt im Schnullerbaum ganz oben und lässt sich einschneien.

Verrückt!
Ich muss grinsen. Und schämen muss ich mich auch. Weil es kein gutes Zeichen ist, dass sie da sitzt. Und ich mich trotzdem freue, sie wiederzusehen. Die Kleine ist lustig. Okay, heute ist sie es vielleicht nicht gerade. Heute ist sie wütend, wenn ich das richtig sehe. Sie fetzt die Schnuller vom Baum und bewirft damit die Leute, die unten stehen und gaffen.
Brunhilde legt mir den Arm um die Schultern und zieht mich zur Seite. Ob sich da vielleicht was machen ließe, fragt sie mich leise. Ich fühle mich geehrt und versuche, lässig zu bleiben. Bäume sind zwar nicht meine Spezialität, aber Brunhilde irgendwie schon, ich mag die.
Sehr sogar.
Und deshalb antworte ich ihr: „Keine Ahnung, ob ich die Kleine da runterkriege. Versprechen kann ichs nicht, aber versuchen schon."

ZWEI

Verrückt!
Ich weiß wirklich nicht, wie die das mit ihren kurzen Beinen hingekriegt hat. Der Baum allein ist schon nicht ohne. Aber dann noch diese elendigen Schnuller, dicht an dicht dieses Plastikzeug, darauf rutscht man wie blöd. Ab und an wirft mir die Kleine auch noch einen von ihnen an den Kopf. Aber je höher ich komme, desto weniger werden es. Die Stimmen von unten werden zum Glück auch leiser, nicht auszuhalten, das Gegacker. Dass die auch immer gleich so hysterisch werden müssen.

Es hat minus fünf Grad, aber ich schwitze Rotz und Wasser. Oder heißt das heulen? Rotz und Wasser heulen?
Nein, heute wird nicht geheult!
Noch drei Äste, dann hab ichs geschafft. Ich kann schon ihre Beine sehen.
Oh! Mein! Gott!
Die Kleine hat Flipflops an! Das geht gar nicht! Kein Wunder, dass sie mit den Zähnen klappert.

„Hau ab!"
Darauf reagier ich gar nicht.
„Was willst du?"
Die Kleine hat geheult, das kann ich sehen.
„Na was wohl, dir Socken bringen, ist doch klar!"
Ich rutsche neben sie und versuche, so lässig wie möglich, meine Schuhe auszuziehen. Der Ast ist zwar dick, aber ich traue ihm trotzdem nicht. Hier oben zu sitzen fühlt sich mindestens so elendig an wie auf dem Dixi Klo. Jetzt bloß keine falsche Bewegung machen. Endlich hab ich den ersten Schuh aufgeknotet, da rutscht er mir aus der Hand und unten springen die Gaffer zur Seite. Die Socke auszuziehen geht auch nicht viel leichter. Ich fummle eine Ewigkeit an meinem Fuß. Aber schließlich klappt es doch. Ich will die Socke der Kleinen reichen, doch die rührt sich nicht. Deshalb lege ich sie zwischen uns auf den Ast. Das Baummädchen dreht seinen Kopf in meine Richtung. Ich kann nicht erkennen, ob sie mich anguckt. Ihre Augenlider sind dick aufgequollen. Deshalb zeige ich auf die Socke.
„Wenn du weiter ohne rumläufst, kannst du gleich hierbleiben und dir auch ein Bett bestellen."
Jetzt guckt sie, aber wie! Sie schleudert eisblaue Blitze aus

ihren schmalen Schlitzen. Erst auf mich, dann auf meine Socke, dann nach unten.
Und unten ist ganz schön tief.
Lässig bleiben.
Atmen.
Plötzlich nimmt das Baummädchen locker-flockig die Socke vom Ast und zeigt damit auf meinen nackten Fuß.
„Und du? Was machst du dann ohne Socken?"
Was soll ich sagen? Ich probier es zur Abwechslung mal mit der Wahrheit.
„Ich hab hier schon ein Bett. Ist nicht meins, aber ich leg mich trotzdem manchmal rein."
„Zu deiner Schwester?"
Jetzt gucke ich. Und wahrscheinlich nicht sehr intelligent.
„Ich hab keine Schwester."
„Das Mädchen, das aussieht wie ein Goldregen?"
„Goldregen?"
„Das ist ein Baum mit gelben Blüten, die hängen aber so traurig nach unten, wie Tropfen eben. Eine Sonne, die weint."
Eine Sonne, die weint.
Ja.
Das ist sie.
Das ist Jessica.
Verrückt.
„Das ist meine Mutter."
„Deine Mutter?"
Die Kleine sieht mich abschätzend an.
„Für eine Mutter ist sie aber reichlich klein."
Sie nimmt kein Blatt vor den Mund. Das gefällt mir. Das Gefummel mit der zweiten Socke gefällt mir aber nicht.

„Sie ist geschrumpft."
„Geschrumpft?"
Endlich hab ichs geschafft!
Ich reiche ihr die verschwitzte Socke rüber. Löchrig ist sie auch. Und außerdem zu klein. Ich bräuchte dringend mal neue Socken. Überhaupt war ich schon seit Ewigkeiten nicht mehr shoppen. Dabei haben wir das früher echt gerne gemacht, Jessica und ich.
Mindestens einmal im Monat fuhren wir am Samstag mit dem Bus in die Stadt. Dort konnten wir stundenlang an den Schaufenstern vorbeibummeln. So, als hätten wir alle Zeit der Welt.
Wir hatten alle Zeit der Welt.
Besonders gerne warf Jessica einen Blick in das Geschäft neben der Kirche, das ist ein Öko-Laden mit Tee, Kaffee, geflochtenen Körben und lauter so Kram. Ich glaube aber nicht, dass es was mit der Auslage zu tun hatte, sondern eher mit der Verkäuferin. Die hatte immer außergewöhnliche Sachen an. So richtige Gute-Laune-Klamotten mit rosa Wolken oder grünen Elefanten, bestimmt selbst genäht. Hineingegangen sind wir aber nie. Nicht in den Laden und auch nicht in den gegenüber. Gekauft haben wir zum Schluss doch immer bei Schlüters. Weil es dort einfach alles gibt. Natürlich nicht so fetzige Gute-Laune-Klamotten. Aber grüne Elefanten oder rosa Wolken konnte Jessica sowieso nicht tragen. Im Salon mussten zwar alle immer gute Laune versprühen, aber sie mussten auch alle immer in Schwarz gehen. Eigentlich sinnlos, weil man auf Schwarz wirklich jedes Haar sieht, aber das war die Regel. Keine Ahnung, wer sich die ausgedacht hat, schätzungsweise der Chef. Der war aber fast nie da, außer er brauchte selbst

einen neuen Haarschnitt, denn den gabs für ihn natürlich umsonst. Trinkgeld spendierte er den Ladys auch nie, und die ersten Monate, als Jessica ausfiel, fluchte er und die Kolleginnen fluchten auch. Weil der Geizhals nämlich keine Vertretung einstellen wollte, von wegen doppelte Kosten oder so. Regelmäßig rief er Jessica an und regelmäßig versprach sie ihm, dass es jetzt wirklich nicht mehr lange dauern werde, bis sie wiederkomme.
Das glaubten wir damals auch beide. Zu Hause lagen die schwarzen Sachen jedenfalls stapelweise bereit. Schwarze T-Shirts und Jeans kaufte Jessica immer gerne bei Schlüters. Weil man dort von den Verkäuferinnen nicht blöd angequatscht wird. Jessica war der Meinung, wenn sie sich schon bei der Arbeit den ganzen Tag den Mund fusselig reden müsse, dann dürfe sie am Wochenende auch einfach mal die Klappe halten. Ich fand das damals vollkommen okay.
Aber jetzt, jetzt mag ich das überhaupt nicht mehr. Jetzt redet Jessica manchmal tagelang mit niemandem ein Wort.

„Macht das der Krebs?“
Die Kleine lässt nicht locker.
„Ich meine, das Schrumpfen. Macht das der Krebs?“
Na gut. Sie will es so. Sie will es wissen, selber schuld.
„Das macht der Tod. Meine Mutter stirbt.“
Der Ast wackelt.
Ich muss aufhören. Weiter darf ich nicht gehen.
Sonst fallen wir noch beide vom Baum.
Ich könnte hinunterklettern und bei Schlüters Socken kaufen. Jetzt gleich.
„Haben das die Ärzte gesagt? Dass sie stirbt, meine ich?“

„Nein, sowas dürfen die gar nicht sagen."
„Woher weißt du das dann?"
„Ich weiß es einfach."
„Woher?"
Aufhören!
Sie soll jetzt aufhören! Einfach mal die Klappe halten.
Ich kann sonst nicht denken. Und ich muss denken. Ich muss nachdenken. Ich muss über Socken nachdenken.
Tragen Tote Socken?
Und wenn ja, sind die dann schwarz? Wegen der Trauer? Oder weiß? Von wegen Himmel und Engel und so. Oder dürfen die auch bunt sein? Grüne Elefanten? Rosa Wolken? Ist das erlaubt? Gibt es eine Socken-Regel für Tote? Und wenn ja, wer hat sich die ausgedacht?

Der Ast knackt.
„Jetzt sag schon, woher du das weißt!"
Sie ist verdammt neugierig.
Und viel zu jung.
Vielleicht neun.
Ich war elf.
Jetzt bin ich vierzehn.
Drei Jahre.
„Woher weißt du das mit deiner Mutter?"
„Man kann es riechen."
„Wenn einer stirbt?"
„Ja."
„Wie riecht es denn?"
Ich könnte mich einfach fallen lassen.
Hier auf der Stelle.
Barfuß, ohne Socken.

Dann wäre sie sicher still.
„Süß. Der Tod riecht süß irgendwie."
Die Kleine dreht ihren Kopf weg, kneift die Augen zusammen und hält den Atem an. Und ganz plötzlich kriege ich Panik, dass sie springen will. Doch gerade, als ich nach ihr greife, dreht sie sich zu mir zurück, öffnet die Augen und schreit.
Ohne Ton.
Ihr Atem duftet.
Himmlisch!
Der Geruch erinnert mich an was.
Olaf!
Früher hat Olaf oft für uns gekocht. Auch Rote Grütze.
Unsere Küche hat tagelang geduftet wie das Paradies.
Das Baummädchen hört auf zu schreien und drückt plötzlich meine Hand.
„Bitte! Kannst du mal bei meiner Mutter riechen? Ob sie stirbt, meine ich?"
Halleluja!
„Ja, das kann ich. Aber nur, wenn du runterkommst, bevor wir uns eine Lungenentzündung einfangen. Mit Lungenentzündung darf man nämlich nicht zu den KaPes."
„KaPes?"
„Krebspatienten."
„Ist gut."
Sie schwingt sich durchs Geäst wie ein Äffchen. Krasser Move. Vollkommen furchtlos.
„Ich bin übrigens Hedi."
„Hedi? Okay."
Komischer Name.
„Und wie heißt du?"

„Richy."
„Komischer Name. Ich nenn dich Gingko!"
Frech ist sie auch noch.
Aber supersüß.

DREI

Brunhilde sagt: „Danke, Richy!", aber sie lässt uns nicht ins Zimmer. Hedi wird gleich wieder sauer. Sie knetet einen zitronengelben Schnuller, den sie vom Baum gepflückt und vergessen hat, mir an den Kopf zu werfen.
„Wir wollen zu meiner Mama, die ist da drin!"
Brunhilde setzt ihren Tanten-Blick auf. Den kann sie gut: lieb, aber trotzdem streng.
„Das geht jetzt nicht. Deine Mutter hat ein Arztgespräch, und das ist vertraulich."
Der Tanten-Blick zieht bei Hedi nicht. Die Kleine sprüht Funken und ich bin gespannt, ob sie jetzt Brunhilde den Schnuller an den Kopf pfeffert.
„Ich kann Geheimnisse bewahren. Zehn Wochen und länger sogar! Meine Mama weiß das!"
Brunhilde lacht freundlich und schiebt die Kleine vor sich her.
„Da bin ich mir sicher. Und weißt du was? Ich kann Geheimnisse auch für mich bewahren. Und das ist gut. Denn du möchtest sicher nicht, dass deine Mutter sich Sorgen macht? Weil ihr kleines Mädchen bei Eiseskälte barfuß auf Bäume klettert und ein großer Junge es unter Lebensgefahr vor dem Erfrieren retten muss?"
Das ist gemein!

Und auch ein bisschen übertrieben.
Großer Junge.
Ich bin grad mal einen Meter fünfzig oder so, und das ist ziemlich klein für mein Alter. Und Lebensgefahr, na ja. Das war zwar nicht ohne da oben, aber Brunhilde hätte mich nie, nie, nie gefragt, wenn sie nicht sicher gewusst hätte, dass ich das packe.
Trotzdem: Eins zu null für Brunhilde, die jetzt ihre Hand ausstreckt und nach dem Schnuller verlangt. Die Kleine überlegt, aber zu lange, da hat Brunhilde ihn sich schon geschnappt.
„Weißt du", sagt sie, „der Baum hat eine besondere Bedeutung. Die Eltern schmücken ihn mit den Schnullern ihrer Babys, wenn die Kinder groß genug sind, um ohne ihre kleinen Lieblinge auszukommen."
Hedi ist nicht beeindruckt. Überhaupt nicht.
„Das sieht ekelig aus! Wie ein Geschwür. Der arme Baum."
Brunhilde überhört Hedis Gemotze und redet einfach weiter. Darin ist sie echt gut. Sie macht das, wenn sie weiß, dass den Leuten noch leidtun wird, was sie gesagt haben. Dann ist es für die später nicht ganz so peinlich, ihre Meinung zu ändern.
„Und zu jedem Schnuller, den die Eltern an den Baum hängen, geben sie einen Euro in die Kasse, die an den Baumstamm geschraubt ist. Hast du die Kasse gesehen? Ganz unten, sieht aus wie ein Vogelhäuschen. Wahrscheinlich bist du draufgetreten, um den ersten Ast zu erreichen. Die Kasse ist ziemlich groß. Denn natürlich kann man auch mehr als einen Euro geben. Einmal im Jahr wird die Kasse geleert. Immer am 20. März. Da ist Frühlingsanfang. An diesem Tag kommen die Grünen Damen und schmücken den

Baum ab. Das ist eine ziemliche Sensation. Denn die Grünen Damen sind in der Regel schon etwas älter. So wie ich ungefähr oder sogar noch älter. Trotzdem klettern sie auf den Baum und schaffen Platz für neue Schnuller. Die abgehängten Schnuller werden von den Grünen Damen gezählt. Denn die Ärzte von Haus achtundsechzig verdoppeln den Einsatz der Eltern. Kennst du das Haus achtundsechzig? Das ist noch vor der Glasbrücke. Gleich hinter der Kapelle. Dort werden nur Kinder behandelt. Vielleicht zeigt Richy dir das mal. Hinter dem Haus gibt es auch einen schönen Spielplatz."

Bei dem Wort Spielplatz schnaubt die Kleine plötzlich wie eine alte Dampflok. „Und für das Schnuller-Geld kriegen die Kinder dann eine neue Wippe oder eine Schippe Sand in den Kasten, oder was?"

Langsam ist Brunhildes Geduld aufgebraucht, das kann ich sehen. Sie schiebt uns weiter Richtung Aufenthaltsraum.

„Ohne Schuhe ist es für den Spielplatz jetzt sowieso zu kalt. Am besten, ihr trinkt erst mal einen Tee. Richy kann dir zeigen, wo es den gibt. Und dann bist du vielleicht so freundlich und gibst deinem Retter seine Socken zurück. Denn er kann es sich nicht leisten, krank zu werden. Richys Mutter braucht ihren Sohn noch."

Das war böse!

Die Kleine sieht verschämt auf ihre Füße, die in meinen Socken nasse Flecken auf dem Boden machen. Ich bin mir nicht sicher, aber es könnte sein, dass ich sogar eine Träne blitzen sehe.

„Alles klar, Schwester", sage ich deshalb so lässig wie möglich, „wir machen Teatime. Komm, Hedi! Die Auswahl ist Bombe! Es gibt Kamillentee, Pfefferminztee, Fencheltee oder Früchtetee. Und wenn wir ganz großes Glück haben, sogar Salbeitee. So geil, da weiß man gar nicht, wo man anfangen soll!“

VIER

Ich fange am Anfang an.

Eigentlich will ich gar nicht reden, aber Hedi bohrt, bis die Worte ganz von alleine kommen. Sie schieben sich aus meinem Mund, der sich pelzig anfühlt und trocken, und hängen stotternd zwischen uns in der Luft.

Dabei habe ich das alles doch schon so oft erzählt.

Jeden Tag halte ich in Gedanken Monologe, und das, ganz ohne zu stottern. Ich rede mit Leo. Mit Olaf. Mit Mandy. Mit Kathleen und mit Pete natürlich. Ich rede sogar mit Mike, Emilio oder mit Frau Klemm. Ich sitze neben Jessica im Sessel oder ich laufe meine Runden über die Mauer oder ich erledige Besorgungen für Brunhilde. Und während ich das mache, rede ich ohne Ende. Ich erzähle, wie der Stand der Dinge ist, wie die aktuellen Werte und was die nächsten Schritte sind. Ich erzähle von den Schmerzen, die furchtbar sind, und auch davon, wie furchtbar Jessica aussieht. Ich erzähle, dass sie schon seit Tagen keinen Hunger mehr hat und selbst wenn, einfach nichts hinunterkriegt. Ich erzähle, welche Tabletten sie gerade bekommt und wofür die gut sein sollen. Tabletten gegen Schmerzen und Tabletten gegen Depressionen und Tabletten gegen Appetitlosigkeit und Tabletten gegen Verstopfung. Ich rede und rede und beantworte all die Fragen, die man stellen könnte, wenn man uns kennt.

In Wirklichkeit hat mich schon lange keiner mehr nach Jessica gefragt. Die meisten haben gar keinen Kopf dafür, die bearbeiten nämlich ihre eigenen Probleme. Und die, die gerade keine Probleme haben, wollen auch keine bekommen und haben deshalb – na klar – Angst vor meiner Antwort.

Nur mit Frau Klemm, mit der habe ich neulich wirklich einmal geredet. Sie wollte wissen, wie lange ich noch vorhabe, meine Freizeit im Krankenhaus zu verbringen. Denn sie hat nicht das Gefühl, dass dieser Zustand „meinen schulischen Leistungen zuträglich ist". Frau Klemm drückt sich immer so gekünstelt aus, dabei ist sie Mathelehrerin und müsste das gar nicht. Ich glaube, sie wurde an unsere Schule strafversetzt und jetzt will sie beweisen, dass sie sich vom Getto nicht unterkriegen lässt und auch in schwierigen Situationen den Durchblick behält. Richtig auf Zack ist sie trotzdem nicht. Jedenfalls habe ich sie ganz lässig, und ohne mit der Wimper zu zucken, angelogen und sie hats nicht geschnallt. Aber auch für diesen Monolog hatte ich natürlich schon Ewigkeiten geübt.

Was jetzt und hier läuft, ist aber etwas völlig anderes. Das ist kein Monolog. Sondern ein Verhör! Und das Baummädchen lässt keine Frage unbeantwortet durchgehen. Egal, ob mit oder ohne Stottern.

Ja, wir sind schon lange hier. Jetzt im dritten Jahr.

Nein, es sah von Anfang an nicht gut aus für meine Mutter.

Ja, auch Brustkrebs, aber der hat gestreut und ist jetzt überall.

Doch, sie hat immer noch Hoffnung. Heilung ist zwar nur noch Punkt neununddreißig. Aber immer noch ein Punkt auf ihrer Liste.

Die Liste? Das ist so eine Art Zeitvertreib. Denke ich. Ich bin mir aber nicht sicher. Wir reden nicht darüber. Aber Jessica hält sich dran fest.

Ja, ich bin jeden Tag hier. Nach der Schule und in den Ferien.

Nein, meine Mutter hat keinen Mann.

Ja, natürlich habe ich einen Vater. Jeder hat doch einen Vater. Sogar Jesus hatte einen.

Klar kenne ich Gott.

Ach so, nein. Meinen Vater kenne ich nicht. Der hat nie mit uns gelebt.

Hm.
Also früher, da hats mich überhaupt nicht gestört. Aber jetzt, also manchmal wäre es schon gut, wenns da noch jemanden gäbe.
Jemand echten meine ich. Nicht Gott oder so.

Nein, meine Oma ist schon tot.

Doch, einen Onkel. Leo heißt der. Er ist der Zwillingsbruder meiner Mutter. Aber der kann mit Menschen nichts anfangen. Und erst recht nichts mit Krankenhäusern. Der lebt im Stadtpark und liebt nur seinen Dackel.

Bestimmt, den kennt jeder, so groß ist die Stadt ja nun auch nicht.

Nein, keine Geschwister.

Theoretisch geht das schon. Bei meiner Mutter aber nicht.

Na ja, wegen der Medikamente. Die sind zu krass. Damit kann sie nicht mehr schwanger werden.

Nein, das hat meine Mutter nicht gestört. Wieso auch? Sie hat ja mich!

Doch, die Ärzte sind okay. Besonders Dr. Asmann.

Nein, sie lügen nicht. Sie sagen höchstens nicht die ganze Wahrheit.

Hm.
Schwierige Frage.
Nicht so oft.
Aber doch, manchmal geschehen auch Wunder.

Ich denke an Frau Doktor Heidrich. Die war ein Wunder! Sie lag mit meiner Mutter im selben Zimmer, als wir zum ersten Mal in die Klinik kamen. Eigentlich hatten die beiden nichts gemeinsam. Außer dem Zimmer, dem Krebs und ihren Schlafanzügen, deretwegen sie sich wohl auch gleich gut verstanden haben. Beide standen so auf den Raubkatzenlook mit Leopardenflecken und Tigerstreifen. Frau Doktors Schlafanzüge waren natürlich viel teurer als Jessicas, das sah man gleich. Der Stoff glänzte und fühlte sich ganz glatt an, ich hab das mal getestet, als sie im Bad war und sich für ihre Abreise hübsch gemacht hat. An dem Tag hätte ich fast geheult. Ich mochte die nämlich, und obwohl ich ihr das Wunder gegönnt habe, war ich traurig, dass sie nach Hause durfte. Und das habe ich ihr sogar gesagt, das weiß ich noch genau. Dabei haben wir nie viel geredet. Aber bei Frau Doktor konnte ich mir etwas Geld verdienen. Wenn ich ihre Post zum Kasten brachte, gab sie mir immer ordentlich Kleingeld für den Automaten mit den Chips und Schokoriegeln unten am Eingang. Und das hätte überhaupt nicht sein müssen. Denn eigentlich kann man seine Post beim Personal auf der Station abgeben. Aber Frau Doktor Heidrich stand auf Postkarten, solche mit Frauen- oder Blumenbildern von berühmten Malern, die schon tot sind. Und ich glaube, sie wollte nicht, dass jemand von der Station liest, was sie darauf geschrieben hatte. Deshalb durfte nur ich die Karten zum Kasten bringen. Natürlich las ich die auch, bevor ich sie einwarf, aber außer übertrieben schöne Worte in übertrieben schöner Handschrift stand ohnehin nichts Weltbewegendes darauf. Meistens schrieb sie ihren Freundinnen.

Frau Doktor hatte nämlich auch keinen Mann. Genau wie meine Mutter, aber im Gegensatz zu Jessica wollte Frau Doktor auch keinen Mann haben, jedenfalls hat sie deshalb nie herumgeheult. Ganz anders als Jessica, die da-

mals noch richtig ausrasten konnte. Weil ihr der verfluchte Krebs nämlich das ganze Leben versaut und sie endlich mal wieder tanzen gehen will, anstatt hier wie bescheuert rumzufaulen!
Wenn Jessica so drauf war, konnte sie so schnell keiner beruhigen. Manche Pfleger hatten sogar richtig Angst vor ihr und davor, dass sie was abkriegen könnten von ihrer Wut. Dabei ist Jessica wirklich klein, ein Meter dreiundsechzig steht in ihrer Krankenakte, und, wie gesagt, seit sie eingeliefert wurde, ist sie noch ordentlich geschrumpft.
Stark war sie damals aber trotzdem. Einmal war sie so dermaßen sauer, dass sie ihren Nachttisch voll Karacho gegen die Wand trat. Das krachte ordentlich und in der Wand war danach ein fettes Loch. So groß, dass der Hausmeister kommen musste, um es wieder zuzuspachteln. Alle waren aus dem Häuschen und auch auf der Hut. Sogar ich versteckte mich in sicherer Entfernung hinter dem Schrank, obwohl ich wusste, dass Jessicas Ausraster meistens genauso schnell wieder vorbeigehen, wie sie gekommen sind.
Die Einzige, die vollkommen lässig blieb, war Frau Doktor Heidrich. Sie saß mit ihrem Leoparden im Bett, schmierte sich Marmeladenbrötchen und frühstückte in aller Ruhe. So, als gäbe es nichts Normaleres als eine Bettnachbarin, die Nachttische gegen Wände tritt.
Das war sehr cool.
Aber auch ein bisschen merkwürdig, wenn ich ehrlich bin. So merkwürdig wie Frau Doktor Heidrichs Postkarten.
„Liebe Ulrike“, stand auf der mit den Sonnenblumen. „Ich danke dir für deine Zeilen und den Blumengruß. Nicht wahr, was für ein herrlicher Frühlingsanfang? Die Sonne blinzelt

verheißungsvoll durchs Fenster und deine Veilchen verströmen ihren süßen Duft. Ich erhole mich rasch und kann es kaum erwarten, dich in der Villa Marie auf einen Kaffee zu treffen. Hast du den neuen Roman von S. H. gelesen? Ich bin hingerissen! Es grüßt dich deine Freundin Annelie."
Was für ein unglaublicher Quatsch! Und das, ganz ohne rot zu werden. Hier blinzelt nämlich gar nichts herein. Hier haben alle Fenster Jalousien, die automatisch hinunterfahren, wenn die Sonne steigt. Und Blumengeschenke werden sofort einkassiert und landen im Schwesternzimmer, weil sich im Blumenwasser nämlich Bakterien bilden können, die für die KaPes lebensgefährlich sind. Auch gelesen wird hier so gut wie nie. Die meisten KaPes sind viel zu müde zum Lesen. Fatigue nennen die das. Wenn man einfach nur schlaff ist. So wie ich nach einer Doppelstunde Mathe. Da geht dann eine ganze Weile gar nichts mehr. Man kann zwar hoffen und beten, aber garantiert kein Buch lesen.
Doch wenn man Glück hat, springt der Motor irgendwann wieder an. Weil man ausgeschlafen hat. Oder die Medikamente neu eingestellt wurden. Oder weil man ein Wunder ist und nach Hause darf.
Dann muss man die Daumen drücken. Oder eine Kerze in der Kapelle anzünden. Denn entweder hält der Motor das durch oder er schmiert wieder ab. Wenn er abschmiert, wird jeder Neustart schwieriger. Und es dauert immer länger, bis man den Motor überhaupt zum Laufen kriegt. Manchmal passiert tagelang gar nichts außer schlafen und stöhnen. Jedes Essen, jedes Waschen, jedes Anziehen ist ein Kraftakt für Jessica. Und dazwischen ist sie immer vollkommen erschöpft. Schläft sofort nach dem Frühstück wieder ein und krallt sich an ihren merkwürdigen To-Do-

Listen und dem Kugelschreiber fest, der natürlich gleich die frisch bezogene Bettdecke vollkritzelt.

Hundert Dinge, die man unbedingt gemacht haben sollte. Durchgestrichen. Achtzig Dinge, die ich unbedingt machen will. Durchgestrichen. Sechzig Dinge, die ich unbedingt noch machen will. Durchgestrichen. Vierzig Dinge, die ich gerne machen würde. Durchgestrichen. Zwanzig Dinge, die ich gerne noch gemacht hätte. Durchgestrichen. Zehn Dinge, die ich mir wünsche. Durchgestrichen. Dinge, die ich dir wünsche. Durchgestrichen.
Mein liebes Kind.
Durchgestrichen.
Mein lieber Sohn.
Durchgestrichen.
Ich liebe dich.

Ich liebe dich auch.
Das muss ich ihr unbedingt heute sagen!
Laut, ich muss es Jessica laut sagen und nicht nur denken.
Das darf ich nicht vergessen.

Wie bitte?
Hab ich was gesagt?
Das Baummädchen starrt mich an.

Doch, doch, ich bin noch da!
Aber ja. Manchmal gibt es Wunder. Auf jeden Fall!
Was willst du noch wissen?

Die Grünen Damen?

Kümmern sich um Patienten, die keine Familie haben. KaPes, aber auch andere.

Haus achtundsechzig?
Da wohnen die Krebskinder.

Nein, die dürfen nicht auf den Spielplatz. Der Spielplatz ist nur für die Besucher. Geschwisterkinder oder Freunde oder so.

Doch.
Ich hab Angst.
Ich habe Angst vor dem Alleinsein.
Nein. Ich weiß nicht, wie das werden soll.
Keine Ahnung.

Mein Hals kratzt und der Pfefferminztee ist kalt.
Irgendwo weit weg klappern Türen. Ich höre Dr. Asmanns Stimme. Die Kleine rutscht vom Stuhl und rennt auf den Gang. Das vertrauliche Gespräch ist wohl zu Ende. Ich denke, sie kann ein Geheimnis für sich behalten. Zehn Wochen oder länger hat sie gesagt.

FÜNF

Ich komme, wie immer, direkt aus der Schule, aber heute hab ich es ausnahmsweise nicht eilig. Ich atme die Winterluft tief ein und versuche, mich runterzukühlen, bevor ich auf die Station gehe. Ich habe schon wieder Mathe in den Sand gesetzt, aber total. Das war jetzt die dritte Arbeit in

Folge. Und wenn ich das nicht bald irgendwie auf die Reihe kriege, wird es richtig eng. Zwar kommt als Nächstes erst das Halbjahreszeugnis und da kann man zum Glück nicht sitzen bleiben, aber man wird vorgewarnt. Und das bedeutet in der Regel blauer Brief und Elterngespräch. Wie, bitte, soll das gehen? Jessica fällt aus allen Wolken. Sie ahnt ja nicht einmal was von meinen Glanzleistungen. Sie fragt zwar jeden Tag nach meinen Hausaufgaben, aber sie glaubt mir inzwischen wirklich alles. Muss sie ja auch. Sie hätte gar keine Kraft, um sich auch noch über schlechte Noten aufzuregen. Leider ist mein Krebskindbonus bei der Klemm schon aufgebraucht.
„Nachhilfe", flüsterte sie heute, als sie mir die Arbeit auf den Tisch donnerte. „Du musst wirklich zur Nachhilfe, Richard!"

„Tapfer sein", flüstert die Neue, „du musst wirklich tapfer sein, Richard!" Sie steht vor Jessicas Zimmertür und sieht mich durch ihre Brillengläser mitleidig an. Ich schubse sie zur Seite und reiße die Tür auf:
Jessicas Bett ist leer.
Mir wird schwindelig. Das geht nicht! Jetzt noch nicht! Ich habe noch nicht einmal Weihnachtsgeschenke eingekauft. Und ich habe gestern wieder vergessen, ihr zu sagen, dass ich sie liebe!
Die Neue will mich anfassen, ich will aber nicht angefasst werden! Ich will zu meiner Mutter! Ich will Quadrate zählen! Eine Brille fliegt durch das Zimmer, ich kriege keine Luft mehr, einer schreit und schreit und schreit.

Dann beginnt es zu schneien.

Dicke Flocken legen sich auf meine Augen. Ein messerscharfer Schmerz steigt mir ins Gehirn, so, als hätte ich viel zu schnell viel zu viel Eis gegessen. Mein ganzer Körper erfriert. Ich werde von einer zentnerschweren Schneeschicht niedergedrückt und begraben, bis es stockfinster wird.
Später kommt das Licht.
Eine Elfe hält mich im Arm. Sie hat eine Glatze und sieht sehr schön aus. Die Elfe trägt ein Nachthemd mit grünen Elefanten. Sie streichelt mich.
„Alles gut, kleiner Mann", flüstert sie. „Alles gut. Deine Mutter ist jetzt bei mir. Sie liebt dich, sie liebt dich so sehr."
Eine Träne fällt mir ins Gesicht.
Sie duftet. Nicht nach Tod. Sondern nach Mandelöl, ich schwöre! Frau Doktor Heidrich benutzte das auch. Bevor ich sie zum Taxi begleitete, hatte sie sich im Badezimmer damit eingeölt. Dann gab sie Jessica zum Abschied feierlich die Hand und legte ihr ein Paket aufs Bett. Jessica guckte gleich hinein. Das hat sie früher immer so gemacht. Geschenke immer gleich öffnen! Falls es einem nämlich nicht gefällt, hat der andere vielleicht noch den Kassenbon und man kann es umtauschen. Heute lässt Jessica ein Geschenk erst mal ewig auf dem Nachttisch liegen, bevor sie es auspackt. Umtauschen geht ja sowieso nicht. Aber Geschenke gibts auch nur noch selten. In dem Karton von Frau Doktor lagen jedenfalls ihr Tiger und auch der Leopard. Jessica war baff.
„Ich habe genug geschlafen", sagte Frau Doktor Heidrich nur, als wäre das eine logische Erklärung dafür, dass sie ihre Schlafanzüge verschenkt. Dann schnappte sie sich ihren Rollkoffer und zeigte auf den Beautycase, der fast genauso riesig war, und den ich zum Taxi tragen sollte.

„Aber sei bitte vorsichtig, Richard", ermahnte sie mich noch, und ich wusste auch warum. Denn Frau Doktor hatte sich extra für ihre Entlassung zwei Perücken anfertigen lassen. Eine davon saß auf ihrem Transportkopf im Beautycase und sollte bei der Heimreise natürlich nicht zerzaust werden. Die andere saß zum ersten Mal bei Frau Doktor auf dem Kopf, als sie an diesem Tag aus dem Badezimmer kam, und die sah wirklich so echt aus, dass es uns umgehauen hat. Ich konnte gar nicht glauben, dass das dieselbe Frau war. Frau Doktor Heidrich sah mit Haaren nämlich viel jünger und erst so richtig nach Wunder aus.
„Zeitlos", murmelte Jessica und damit meinte sie die Frisur, und tatsächlich sah Frau Doktor fast so aus wie eine von den Frauen auf ihren Postkarten. Ich konnte mir gleich richtig gut vorstellen, wie sie mit ihrer Freundin Ulrike auf so zierlichen Eisenstühlen mit geschwungenen Lehnen in der Sonne sitzt und in ihrem Schoß ein Buch mit Goldrand liegt, anstatt so eines hässlichen Tropfes. Und genau bei dem Gedanken hätte es mich fast erwischt. Aber nur fast! Ich fand die Aussicht, mit Jessica mal wieder ein Einzelzimmer zu haben, nämlich auch nicht so schlecht. Weil ich mir in Frau Doktors Gegenwart immer sehr viel Mühe gab, mich ordentlich und gewählt auszudrücken, und das war manchmal schon anstrengend. Gerade wenn man richtig sauer ist. Und wenn die Mutter Krebs hat, dann kann man schon mal sauer werden. Richtig sauer sogar. Leider gibt es aber keine ordentlichen und gewählten Schimpfwörter.
Es gibt dreckige Schimpfwörter und böse Schimpfwörter und ungerechte Schimpfwörter und gerechte Schimpfwörter. Und wenn kein Wunder passiert, wie bei Frau Doktor Heidrich, dann stauen sich all diese Wörter in deinem Kopf,

bis du das Gefühl hast, du explodierst. Und da hilft dann manchmal nur noch, dem besten Freund eine runterzuhauen oder den Nachttisch gegen die Wand zu treten. Weil beste Freunde aber wertvoll sind und auch der Nachttisch nichts dafür kann, dass der beschissene Krebs ausgerechnet deine Mutter erwischt hat, braucht man auf Dauer noch eine Alternative, wenn man nicht völlig verrückt werden will.

Von diesen Alternativen gibts hier einige, sportliche vor allem. Man kann gegen den Krebs rudern oder joggen. In den Sportgruppen dürfen Familienangehörige von den KaPes mitmachen oder auch die KaPes selbst – natürlich nur, wenn sie geheilt oder zumindest auf dem Weg zu den Geheilten sind. Mit Kunst machen sie hier auch jede Menge, das ist aber mehr für die Kranken, also die, die grad erst die Diagnose bekommen haben oder die, die mitten in der Behandlung stecken. Die sollen in der Kunsttherapie lernen, ihre Gefühle auszudrücken, ohne Löcher in Wände zu treten. Die malen dann zum Beispiel, wie sich ihr Leben anfühlt und was sie später daraus machen wollen, wenn es denn ein Später geben wird. Wer keine Lust auf Malen hat, der kann auch zum Schreiben gehen. Beim Schreibkurs kann es allerdings passieren, dass deine Mutter mit einer Liste zurückkommt. Eine Liste, die sie nie wieder aus der Hand legen wird und auf die sie schreibt, was in ihrem Leben noch unbedingt passieren muss, bevor es zu Ende gehen darf. Dummerweise ändern sich die Wünsche bei Jessica fast täglich. Ständig wirft sie alles immer wieder über den Haufen. Und ich darf natürlich erst gucken, wenn die Liste perfekt ist. Inzwischen halte ich mich sogar daran, denn manche Sachen willst du von deiner eigenen Mutter wirklich nicht wissen, ich schwöre!

Deshalb hab ich auch weder den Schreib- noch den Malkurs mitgemacht. Und mit Joggen hab ichs auch nicht so, das ist mir zu langweilig, außerdem drehen meine Gedanken dann völlig frei, weil man sich bei gerader Strecke ja auf nichts konzentrieren muss, außer auf sich selbst. Parkour ist aber nicht zustande gekommen, angeblich weil das zu gefährlich ist, so etwas Blödes! Ich meine, wenn nicht hier im Krankenhaus – wo dann? Besser gehts doch eigentlich gar nicht. Na ja, wenigstens meckert inzwischen keiner mehr, wenn ich meine Runde auf der Mauer laufe. Dass ich hinter Haus achtundsechzig einmal gestürzt bin, habe ich aber trotzdem niemandem erzählt. Erstens, weil ich Glück hatte und im Sandkasten landete. Und zweitens, weil ich mir da draußen im Sandkasten so blöd vorkam wie der dumme August in der Manege. Dabei war der ja gerade drinnen in Aktion. Denn ausgerechnet in Haus achtundsechzig gibt es die Sonderbespaßung, mit den Klinikclowns, die die Patienten aufheitern sollen. Und weil da nur Kinder liegen, ist das natürlich noch mal heftiger.
Ich weiß, ehrlich gesagt, nicht warum, denn Krebs ist so oder so scheiße, aber mir gehts selbst auch so, dass ich das Zugucken bei den Kindern noch schwerer aushalte als bei den Erwachsenen. Weil die alle so alt aussehen. Und immer so ernst sind. Das ist hart. Sogar Dr. Asmann hab ich mal erwischt, wie er sich abends bei Haus achtundsechzig aus dem Hintereingang geschlichen hat. Er hat sich im Dunkeln auf die Schaukel gesetzt und Rotz und Wasser geheult.
Ja, Rotz und Wasser heulen, so heißt das.
Natürlich konnte ich nicht hingehen und Dr. Asmann trösten. Ich konnte gar nicht hingehen, weil ich erstens längst zu Hause hätte sein sollen und zweitens, weil es Dr. Asmann

bestimmt auch peinlich gewesen wäre. So peinlich wie mir meine Dumme-August-Nummer.
Clowns sind nämlich nicht so meins.
Also Clowns überhaupt.
Ich mag die nicht.
Oder nicht mehr.
Und das ist das wirklich Komische!
Was ich auch noch nie jemandem erzählt habe, nicht mal Mike:
Ich fürchte mich.
Ich, Richard Schätz, fürchte mich neuerdings.
Und ich fürchte mich vor ziemlich vielem. Es wird sogar immer mehr. Jeden beschissenen Tag wird es mehr!
Am meisten Angst habe ich davor, dass ich den Moment verpasse.
Den Moment, wenn Jessica mich braucht.
Aber ich fürchte mich auch vor der Visite im Krankenhaus und vor blauen Briefen aus der Schule. Ich fürchte mich vor Jessicas Listen und vor ihrem Atem, der zu schwach ist, um die schwere Bettdecke zu bewegen. Ich fürchte mich, wenn Brunhilde frei hat oder krank ist. Ich fürchte mich, wenn ich Dr. Asmann weinen sehe. Und ich fürchte mich vor Clowns. Der reinste Horror.
Dabei habe ich Horrorgeschichten früher geliebt! Ich konnte gar nicht genug davon kriegen. Jeden Monat, wenn ich mit Jessica in die Stadt fuhr, überredete ich sie, für mich in der Stadtbücherei ein neues Buch auszuleihen. Eigentlich hab ich eine eigene Karte, aber natürlich gibts Horrorgeschichten nicht in der Kinderabteilung, und die Frau am Tresen guckt ja schon komisch, wenn auf dem Buch vorne auch nur ein bisschen was Gruseliges drauf ist. Da brauch

ich mit einer blutigen Axt gar nicht erst anzukommen. Und schon gar nicht mit einem Killerclown. Jessica war da leichter zu überzeugen. Denn schließlich ist der Horror in Büchern ja nur ausgedacht. Und weil ich davon nie schlecht geträumt oder deshalb ins Bett gemacht hatte, durfte ich das lesen.

Aber dann kippte ich doch tatsächlich von der Mauer, weil in Haus achtundsechzig irgendwelche Clowns auf der Station herumsprangen. Ich hab mich so dermaßen erschrocken!
Denn plötzlich war der Horror nicht mehr ausgedacht, sondern echt. Hier in der Klinik, der Krebs, das ist echter Horror. Und ich kann nicht einfach das Buch zuklappen, wenns mir reicht, das hab ich da verstanden. Und einmal ins Bett gemacht habe ich danach auch.

Trotzdem, bei den Krebskindern kommen die Clowns gut an. Was auch gut ankommt, das sind die Biker. Einmal im Jahr fahren die hier mit ihren schweren Maschinen vor und sammeln uns ein. Das ist höllenlaut und macht höllischen Spaß. Ich bin jedes Jahr dabei. Bei denen dürfen nämlich alle mit, egal ob mit oder ohne Krebs, Hauptsache Kind. Die Biker sagen, alle Kinder, die, aus welchem Grund auch immer, hier sein müssen, haben es sich auf jeden Fall verdient, einmal standesgemäß herumkutschiert zu werden, bevor sie wieder nach Hause dürfen.
Was sie nicht sagen ist, dass viele Kinder gar nicht mehr nach Hause kommen. Denn der Krebs ist bei Kindern oft nicht so leicht heilbar. Weil Kinder noch wachsen und damit auch ihre Zellen und damit natürlich auch die Zellen,

die den Krebs haben. Aber genau deshalb sind es eben die Kinder, die bei den Bikern auf die Hupe drücken dürfen. Nur einmal, da machten sie tatsächlich eine Ausnahme, und zwar für Frau Doktor Heidrich. Das war kurz bevor sie sich hier verabschiedete, die Biker kommen immer im Sommer. Die Sonne schien Frau Doktor verheißungsvoll ins Gesicht, während sie mit ihrem Leopardenschlafanzug, ohne zu fragen, wie eine Königin in den Beiwagen des Biker-Bosses stieg. Da staunten die Kinder! Aber sie ließen Frau Doktor Heidrich den Vortritt, richtig ehrfürchtig sogar, denn die war da bestimmt schon fünfzig. Vielleicht aber auch sechzig oder siebzig, bei KaPes ist das immer schwer zu sagen. Die können jeden Tag so unterschiedlich aussehen. Zu ihrer Abschiedsfahrt sah Frau Doktor jedenfalls majestätisch aus. Und glücklich natürlich.

Am nächsten Tag sah Jessica auch glücklich aus. Sie saß mit dem Karton im Bett und streichelte erst total versunken den Leoparden, als wäre das wirklich ein Tier. Dann lachte sie plötzlich und winkte zum Abschied wie eine Irre, dabei drehte Frau Doktor sich beim Hinausgehen nicht einmal zu ihr um. Auch als wir draußen vor der automatischen Glastür am Taxistand standen, warf sie keinen einzigen Blick zurück.
Der Taxifahrer lud die Koffer ein und Frau Doktor drückte mir mit den Worten: „Deine Mutter kann sehr stolz auf dich sein. Lass dich nicht unterkriegen, Richard!“, einen Briefumschlag in die Hand. Später hab ich gesehen, dass ein Fünfhunderteuroschein drin war. So viel hatte ich noch nie von Frau Doktor bekommen. Nicht so viel Geld. Und auch nicht so viele Worte.

Dann stieg Frau Doktor Heidrich hinten ein. Sie gab dem Fahrer ein Zeichen, dass er ihr Fenster hinunterlassen solle. „Wir sehen uns auf einen Kaffee in der Villa Marie", sagte sie und nickte mir zu. Und ich nickte zurück.
Dabei trinke ich gar keinen Kaffee. Ich bin erst vierzehn. Und damals war ich sogar erst zwölf. Aber manchmal fühle ich mich auch viel älter. Uralt. Und so müde.

„Schlaf ruhig", flüstert die Elfe mit dem Mandelduft und den grünen Elefanten jetzt. „Schlaf, kleiner Mann, und hab keine Angst. Wir sind hier. Wir sind alle hier."

SECHS

Später erfahre ich, dass es Brunhildes Idee war. Und die geht natürlich auf.
Und deshalb muss gar nicht ich, sondern die Neue mit der Brille jetzt tapfer sein. Ich schätze, sie hält uns alle für vollkommen verrückt. Und Jessicas Auftreten hält sie noch dazu für nicht „salonfähig". So hat sie es im Pausenraum den zwei jungen Kollegen gegenüber ausgedrückt, die hier ihr freiwilliges soziales Jahr oder so etwas machen. Aber die zwei grinsten nur, weil sie genau wussten, dass meine Mutter ausgerechnet im Salon die Fähigste war. Ausgefallene Schnitte, Irokesen und Undercuts waren nämlich früher ihre Spezialität, dafür war Jessica in der ganzen Stadt bekannt. Und damit beglückte sie nicht nur die beiden Kollegen von der Station, sondern auch schon so manche KaPes. Wobei es hier relativ einfach ist, jemanden zu beglücken, denn wenn die Haare sowieso ausfallen, kann man schon

noch einmal was riskieren, ohne dass es einem später leidtun muss.

Wir schlendern also lässig am Pausenraum vorbei und ich frage die Neue mit der Brille nicht, wie sie das gemeint hat, sondern nur, ob sie vielleicht noch irgendwo was von dem köstlichen Salbeitee für uns hat. Die mit der Brille kriegt einen ganz roten Kopf und ich gebe zu, dass der mir Spaß macht. Das ist gemein, aber die Wahrheit. Manchmal macht es eben einfach gute Laune, wenn die anderen ins Schwitzen kommen. Abgesehen davon, dass sie natürlich vollkommen recht hat:
Jessica ist verrückt.
Endlich wieder!
Ich kann gar nicht genug davon kriegen.
Wie ihr Motor plötzlich anspringt und sie Gas gibt und losbrettert, ohne zu bremsen.
Toll!

Und am tollsten: Ihre bescheuerten Listen sind verschwunden!
Ich hoffe, ja, ich bete sogar, für immer. Aber die Chancen stehen gut. Nicht, weil ich heimlich in der Kapelle eine Kerze angezündet habe, sondern weil Jessica eine neue Aufgabe bekommen hat: Sie soll die Mutter des Baummädchens aufheitern!
Die schöne Elfe, die gerade eben hinter Tür zweihundertacht ihre Elefanten gegen ein Leopardenfell getauscht und dabei Tränen gelacht hat.
Sie hat gelacht, obwohl sie Angst hat.
Angst vor der Mastektomie.

„Was ist eine Mastektomie?“, fragt mich Hedi in der Teeküche und ich überlege. Zu lange, die Kleine ist pfiffig, der kann man nichts vormachen. Ich probiere es trotzdem.
„Na ja“, sage ich eine Spur zu lässig. „Das ist eine Operation an der Brust. Also da, wo der Krebs wohnt.“
Ich hänge zwei Beutel in die Kanne.
Hedi beobachtet mich misstrauisch.
Dann dreht sie die Schnipsel an den Teebeuteln um.
Salbeitee.
So ein Mist!
Ich hab nicht aufgepasst, und jetzt hat sie mich am Wickel.
Fehler.
„Aber meine Mama hatte schon eine Operation an der Brust. Und der Krebs ist trotzdem wiedergekommen.“
Tja.
„Diese OP wird etwas größer. Da schneiden sie nicht nur den Krebsknoten weg, sondern auch das Gewebe drumherum. Dann hat der Krebs kein Haus mehr, in dem er sich ausbreiten kann.“
Ich mache mich am Kocher zu schaffen, dabei ist das Wasser längst heiß.
„Wie groß?“
Hedi guckt mich an. Blaues Bohren.
Aus dieser Nummer komm ich nicht mehr heraus. Das ist jetzt schon klar.
„Na, so ungefähr.“ Ich zeige auf die Apfelsinen im Obstkorb und gieße den Tee auf.
Hedi nimmt eine Apfelsine aus dem Korb und wiegt sie in der Hand. Ich kann ihre Gedanken neben mir rattern hören. Und wünsche mir, jemand würde jetzt kommen. Genau jetzt. Einfach hereinkommen und „Feuer“ schreien.

Aber nichts.
Natürlich nicht.
Keiner da, wenns brennt. Das ist immer so.
Der Salbeitee stinkt zum Himmel, und Hedi fängt leise an zu weinen.
Sehr leise.
Viel zu leise für ein kleines, freches Mädchen.
Kleine, freche Mädchen müssen laut weinen, wenn es wehtut.
Ich nehme Hedi in die Arme.
Und dann drücke ich sie.
Ganz fest.
Und noch fester.
Dann kommt es. Laut und plötzlich.
„Mastektomie, Mastektomie", hämmert es gegen meine Brust.
Und ein Schluchzen und Zittern und Schniefen rollt über mich.
Alles muss heraus, und das ist gut.
Das tut so gut.
Ich habe lange niemanden mehr umarmt.
Ich will schon. Aber ich traue mich nicht.
Bei Jessica habe ich Angst, dass ich ihr wehtun könnte. Dass ich etwas an ihr kaputt mache. Sie ist so wahnsinnig zerbrechlich geworden. Wie Glas. Fast durchsichtig.

Später trinken wir Salbeitee mit Honig. Mit sehr viel Honig, anders kriegt man das Gesöff unmöglich runter. Angeblich soll Salbei die Neubildung von Krebszellen und auch die Schweißbildung hemmen. Das mit dem Schwitzen scheint zu klappen.

„Ja", sage ich, „so siehts aus. Die Brust muss weg. Dann sind die Chancen auf jeden Fall besser. Und wozu braucht eine Frau schon zwei Brüste?"
„Für ihr Baby!", antwortet Hedi wie aus der Pistole geschossen. Ihr Rotz klebt an meinem T-Shirt. Aber das macht mir nichts aus.
„Überleben ist wichtiger als ein Baby. Baby hat keine Prio. Und trinkt im Übrigen auch aus der Flasche."
„Aber jede Frau hat zwei. Und meine Mama hat so schöne. Die können doch nicht einfach eine abschneiden. Wie, wie, wie ... sieht das denn aus?"
Und genau in dem Moment kommt eine.
Sie schreit nicht „Feuer". Sie schreit gar nicht.
Sie bleibt ganz ruhig, die Alte, die sich mit ihrem Megabusen im Türrahmen breitmacht.
„Nun, hübsch sieht es wahrscheinlich nicht aus, da hast du recht, Hedi. Aber Lisbeths Aussehen ist im Augenblick zweitrangig. Jetzt müssen wir erst mal zusehen, dass sie wieder was auf die Rippen kriegt. Sie wird Kraft brauchen. Und ihr auch!"
Sagts und donnert ein Blech Zupfkuchen auf den Tisch. Dann schnuppert sie plötzlich angewidert im Raum und kontrolliert schließlich – wie Hedi vorhin – die Schnipsel an den Teebeuteln.
„Bäh!", knurrt sie, schnappt sich die Tassen und kippt unseren Tee, ohne zu fragen, in die Spüle. Echt frech!
Ich will grade eine Bemerkung machen, als die Alte eine Thermoskanne aus ihrer Megatasche fischt und das Ding mit einem Griff aufschraubt.
„Oh! Mein! Gott!"
Kakaoduft verbreitet sich in der Teeküche. Und als wäre

das nicht genug, holt sie jetzt auch noch eine Tupperschüssel mit Sahne heraus. Frisch geschlagen, und das in Form! Genau wie bei dem Eiscafé in der Innenstadt, wo der Kellner es nie lassen konnte, Jessica anzubaggern, und von dem mir grade der Name absolut nicht einfallen will.
„Wie lange ist das her?", denke ich, während die Alte uns ungefragt einschenkt und Sahnehäubchen auf die drei Becher zaubert.
Aber das mit dem Namen ärgert mich doch. Der vom Café und auch der vom Kellner, wie weggeblasen. Überhaupt werden langsam immer mehr Erinnerungen trüb wie Salbeitee, das macht mir Angst!
Vielleicht kann ich mir den Schlaumeier deshalb nicht verkneifen: „Schwester Brunhilde sagt, Kakaotrinken ist nicht so prickelnd für die KaPes. Zu viel Zucker."
Die Alte sieht mich schief von der Seite an.
„Und Ohmeingott sagt, in Bäumen hängen ist nicht so prickelnd für die BeDes. Zu viele Knochenbrüche."
„Was sind BeDes?", will Hedi wissen, und die Antwort kommt prompt: „Besucherdeppen!"
Eins zu null für die Alte, die mir jetzt einen dampfenden Becher rüberschiebt und mich von oben bis unten mustert, während sie blind den Zupfkuchen in Stücke schneidet.
„Gerlinde", sagt sie, ohne mich aus den Augen zu lassen. „Ich bin hier die Oma. Und wer bist du?"
Ich will antworten, aber Hedi ist schneller. „Das ist Gingko. Du kannst ihn aber auch Richard nennen."
Oma Gerlinde schiebt mir das Blech zu.
Es sind zwanzig Quadrate.
„Papperlapapp", sagt sie und klingt zufrieden. „Gingko reicht."

SIEBEN

Ich bin vierzehn Jahre alt, mein Name ist Richard Schätz, aber meistens werde ich Richy gerufen und manchmal auch Schätzchen. Schätzchen allerdings nur von meinen allerbesten Freunden. Freunde, für die ich jetzt keine Zeit mehr habe, aber die immer noch meine Freunde sind. Das weiß ich, weil sie es mir mit ihrem eigenen Blut geschworen haben! Mike und Emilio warten draußen auf mich.

Ich sage draußen und meine eigentlich drinnen. Drinnen im echten Leben, denn ich bin ja draußen, raus irgendwie. Trotzdem ist die Klinik für mich jetzt das Drinnen. Hier sind wir eingeschlossen. Es ist nicht ganz so wie im Gefängnis, weil ich auf der Mauer spazieren kann und auch, weil uns keiner sagt, dass und wie lange wir hier bleiben müssen. Ob Jessica vielleicht doch noch begnadigt wird, wegen guter Führung und weil sie schon lange keine Nachttische mehr gegen Wände getreten hat.

Ich habe einmal einen Horrorfilm gesehen, da wurde einer wegen guter Führung vorzeitig aus dem Gefängnis entlassen. Aber er war sowieso unschuldig drin gesessen und als er dann freikam, rächte er sich an allen, die schuld dran waren, dass er hinein musste und die besten Jahre seines Lebens im Knast vergeudet hatte.

Ich schätze, Jessica würde sich über eine Entlassung einfach nur freuen. Auch wenn sie genauso unschuldig hier einsitzen muss. Aber am Krebs kann man sich nicht rächen. Ich sowieso nicht. Ich müsste nämlich gar nicht hier sein. Aber ich muss eben doch.

Das kann ich allerdings keinem Menschen erklären. Na ja, außer Brunhilde vielleicht. Aber der Klemm auf keinen Fall.

Deshalb muss ich das mit Mathe unbedingt hinkriegen, sonst schmeißen die mich hier bestimmt hinaus. Und das geht nicht.

Ich habe versucht, draußen zu leben, aber das klappt gar nicht. Ich kann nicht einfach am Nachmittag für eine halbe Stunde als Besucher kommen und dann wieder nach Hause verschwinden und Hausaufgaben machen, als wäre hier nichts los. Ich kanns nicht. Ich habs probiert. Aber es ging nicht.

Ich habe den ganzen Tag nur auf die Uhr gestarrt und bin im Kopf Jessicas Tagesablauf durchgegangen, wieder und wieder von vorne. *Ratarata, Ratarata.*

Ich konnte an gar nichts anderes denken, schon gar nicht an Frau Klemm oder an meine Hausaufgaben.

Und das ist das Komische, denn hier drinnen geht das mittlerweile manchmal ganz gut. Also das mit dem Auch-mal-an-was-anderes-Denken. Nicht das mit den Hausaufgaben, das klappt nirgendwo, die passen nämlich nirgendwo hinein. Hier drin haben wir unsere eigenen Zeiten, unsere eigenen Abläufe und unsere eigenen Gefühle, die draußen keiner versteht.

Wirklich keiner, nicht einmal Mike, der zwar so tut als ob, aber in Wirklichkeit gerade nur Gefühle für Mädchen mit Brüsten und nicht für Mütter ohne Brüste hat. Was okay ist.

Solange Jessica und ich im Gefängnis sitzen, versorgt mich Mike nämlich mit den wichtigsten Infos von draußen, damit ich nicht vollkommen den Anschluss verliere. Denn das geht irre schnell und ist mir am Anfang passiert, und da bin ich dann auch in der Schule völlig durchgedreht.

Ich habe Mike einen Kopfstoß verpasst, das weiß ich noch,

das war heftig, so heftig, dabei wollte ich das gar nicht. Keine Ahnung, warum ich das gemacht habe, ich schätze weil es ihm gerade so gut ging und mir nicht. Danach gings Mike aber auch nicht mehr gut. Er hatte eine Platzwunde unter dem Auge und Emilio eine an der Stirn, weil der dazwischengegangen war.
Verpetzt hat mich trotzdem keiner von beiden. Weil sie verstanden haben, dass es keine Absicht war. Also nicht geplant war, meine ich. Aber genau das ist das Problem an der Sache. Nichts von meinem Leben in den letzten drei Jahren war geplant. Natürlich nicht. Der Krebs kam einfach so ohne Vorwarnung und hat sich in unserem Leben breitgemacht.
Und am Anfang wollte Jessica auch gar nicht, dass ich jeden Tag bei ihr am Bett sitze. Sie wollte, dass ich mich mit Mike oder Emilio treffe, dass ich weiter zum Tischtennis gehe oder endlich einmal mit einem Mädchen in einen Club. Sie fand alles besser für mich als das Krankenhaus, sogar Mathe-Nachhilfe wollte sie mir schmackhaft machen, egal, Hauptsache ich komme hier raus. Das ging eine ganze Weile so. Aber irgendwann hörte sie auf, mich zu bequatschen und hat meine Entscheidung einfach akzeptiert. Weil sie begriffen hat, dass ich meine Priorität gesetzt habe. Dass ich weiß, was ich will und was mir wichtig ist. Und mir ist wichtig, bei ihr zu sein.

Aber vielleicht hörte sie auch einfach auf, weil sie keine Kraft mehr hatte. Und weil sie es mag, wenn ich bei ihr bin. Sogar wenn sie schläft. Und sie schläft viel. Manchmal fühle ich mich ganz schön einsam auf dem Stuhl neben ihrem Bett. Aber lesen oder zocken geht irgendwie nicht. Das ist wie mit den Hausaufgaben. Wenn Jessica schläft, kann ich mich in ihrem Zimmer auf nichts anderes konzentrieren als auf ihren Atem. Brunhilde behauptet, der geht viel ruhiger, wenn ich da bin.

Manchmal so ruhig, dass ich selbst fast einschlafe. Aber Brunhilde hat dafür einen Riecher! Genau in dem Moment kommt sie herein und hat irgendeine Aufgabe, die mich einmal quer übers Gelände jagt, hinaus an die frische Luft. Manchmal ist das cool, kurz die Beine vertreten, ein paar Moves machen, spüren, dass ich erst vierzehn und nicht hundertvierzehn bin. Aber manchmal ist es auch einfach nur beschissen. Denn während ich wegen irgendeiner Nichtigkeit über die Mauer spaziere, packt mich plötzlich aus heiterem Himmel die Panik. Panik, die ich auch manchmal in der Schule kriege. Nämlich, dass Jessicas Atem anfängt zu holpern, genau in diesem Augenblick, wenn ich nicht da bin. So wie damals bei der Lungenentzündung, da wäre ich auch fast zu spät gekommen.

Und wenn diese Panik anrollt, dann muss ich lossprinten, egal, wo ich gerade bin: auf der Mauer, beim Asia-Imbiss, am Briefkasten oder auf dem Klo. Einmal bin ich sogar mitten aus dem Unterricht weggelaufen, weil mir die Panik den Nacken hinaufgekrochen ist, das war vielleicht übel. Doch als ich dann völlig fertig auf der Station ankam, war gar nichts los. Jessica war bei einer Therapie und Brunhilde schickte mich umgehend zurück in die Schule, aber pronto! Dort nahm Frau Klemm mich dann das erste Mal zur Seite und sagte, dass es so nicht weitergehen könne. Dass ich mich jetzt wirklich am Riemen reißen müsse. Und sogar Mike fragte in der großen Pause komisch, ob er sich Sorgen um mich machen müsse.

Das musste er aber nicht.
Ich war nur völlig aus der Puste.
Und total glücklich, dass Jessica noch lebt.
Aber das hätte Mike nicht verstanden.
„Alles cool", sagte ich deshalb nur.
Und dann hörte ich ihm zu. Ich versuchte es jedenfalls. Worum es ging, weiß ich aber nicht mehr. Vielleicht was mit Brüsten. Oder nein, ich glaube, es war was mit Knutschen? Aber ob er schon hatte oder wollte und mit wem überhaupt, daran erinnere ich mich nicht.
Ich erinnere mich nur, dass ich mich am Ende der Pause wieder genauso fühlte wie immer.
Am falschen Ort.
Und einsam.

Aber dann kam ein kleines, freches Mädchen und taufte mich Gingko. Warum, weiß ich nicht. Ich nehme mir jeden Tag vor, Hedi danach zu fragen, aber ich finde nie den passenden Zeitpunkt dafür, denn Einsamkeit war gestern. Das Zimmer, in dem Jessica und Hedis Mutter gemeinsam liegen, ist seit der OP und nach der Mittagsruhe immer rappelvoll. Der Wahnsinn, wie viele Freunde die haben! Oder Bekannte. Oder Arbeitskollegen, Familie, Nachbarn. Und alle wollen Lisbeth aufheitern. Dabei ist das gar nicht nötig.
Die Elfe hat ja nicht einmal geweint.

Zwei Tage nach der Mastektomie setzte Lisbeth sich im Bett auf und verlangte einen Spiegel. Die gibt es hier nämlich nur auf Wunsch. Die meisten Frauen wollen der Wahrheit nicht gleich ins Auge sehen.

Lisbeth schon.
Brunhilde hängte von außen ein Stopp-Schild an die Tür und brachte Lisbeth einen Handspiegel ans Bett. Dann half sie ihr, das Krankenhaus-Nachthemd im Nacken aufzubinden. Ich wollte hinausgehen, aber Hedi hielt meine Hand so fest, dass ich mich nicht vom Fleck rühren konnte.
Im Zimmer war es mucksmäuschenstill, als Lisbeth das Hemd von den Schultern rutschte.
Und dann sprach Hedi aus, was wir alle dachten: „Du bist die schönste Mutter auf der ganzen Welt!"

Wir hielten uns an den Händen und der Einzige, der heulen musste, war ich.

ACHT

Draußen fegen Schneestürme und drinnen blüht meine Mutter auf wie ein Weihnachtsstern. Besonders, wenn Carlotta kommt. Das ist die Freundin von Lisbeth. Ich glaube, ihre beste. Die beiden haben zusammen auf jeden Fall schon was durchgemacht, das merkt man, die verstehen sich auch ohne Worte. Dabei kann Carlotta reden wie ein Wasserfall. Aber was aus ihr rauskommt, sind keine Blubberblasen, ist kein Small Talk, sondern richtig interessantes Zeug. Jessica hört ihr jedenfalls gerne zu.
Und dabei strahlen ihre Augen mit Carlottas um die Wette. Besonders wenn Carlotta vorliest. Carlotta hat immer ein Buch oder eine Zeitung dabei, genauso wie Gerlinde immer etwas zu essen dabeihat. Ich glaube, Carlotta ernährt sich ausschließlich von Worten. Und Hedi glaubt, Jessica er-

nährt sich ausschließlich von Carlotta. Denn wenn Carlotta da ist, sieht meine Mutter glücklich aus. Mag sein, dass Hedi recht hat. Kann sein.

Sicher ist: Ich bin glücklich, wenn Hanno kommt. Hanno ist Hedis Vater. Er sieht zwar aus wie ein echter Nerd, mit Glatze, Ziegenbärtchen und schwarzer Hornbrille, aber in Wirklichkeit ist er ein Freak. Nicht so ein Freak wie Onkel Leo, der mit seinem verfilzten Dackel im Stadtpark rumhängt und meint, damit zeigt er der Gesellschaft den Stinkefinger. Nein, Hanno ist ein lässiger Freak. Der hält sich zwar dezent im Hintergrund, aber er ist hellwach und beobachtet ganz fein. Dem sind Menschen nicht egal. Und wenn einmal etwas aus seinem Mund kommt, dann kommt das zwar leise, aber es kommt auf den Punkt.
Hanno hat zum Beispiel gleich gesehen, dass Jessica sich in ihrem neuen Zimmer sauwohl fühlt. Deshalb hat er Hedi und mich auf ein Eis eingeladen. Damit die drei Damen sturmfreie Bude haben. Wir gingen zuerst in die Kantine, dann ins Besucherbistro und zum Schluss sogar bis an den Kiosk am Eingang der Klinik, aber nirgendwo gab es Eis. Unterwegs trafen wir die Krankenschwester mit der Brille, aber die konnte uns auch nicht weiterhelfen.
„Eis? Meinen Sie Speiseeis? Um diese Jahreszeit?“, fragte sie und überzog uns mit ihrem Mitleidsblick, als hätten wir sie um Wunderheilung gebeten oder etwas total Verrücktes. Und das machte mich sofort wieder aggressiv. Ich kann diesen Blick nämlich auf den Tod nicht ausstehen. Ich will kein beschissenes Mitleid! Ich will einfach nur ein Eis!
Aber dann fiel Hanno ein, wo es auf jeden Fall und auch zu dieser Jahreszeit Eis gibt, nämlich bei ihnen zu Hause.

„Das ist zwar ein Stück, aber vielleicht zeigst du uns unterwegs ein paar von deinen Moves, Gingko?", fragte er und das hörte sich kein bisschen schleimig oder mitleidig an, sondern einfach nur neugierig.
Ich habs nicht gleich übertrieben, aber ich hatte plötzlich schon Lust, den beiden zu zeigen, dass ich noch etwas anderes kann, als neben Jessicas Bett stumpfsinnig Quadrate zu zählen. Weil die Mauer schon hinter uns lag, nahm ich zuerst ein paar Mülltonnen, Geländer und Bänke mit, das Übliche halt, was in der Stadt so herumsteht. Aber dann kamen wir an eine sensationelle Baustelle mit Baggern und Kränen und Bauschuttbergen und Rohren und lauter Zeug, das echt Spaß macht.
Und plötzlich hatte ich Flügel.
Obwohl wir inzwischen schon richtig weit weg von der Klinik waren, konnte ich einfach so über alles fliegen und spürte nichts, keine Panik, kein Kribbeln im Nacken, nichts. Ich sprang hoch und hinunter und landete schließlich mitten in Hannos Armen.
Hedi klatschte wild, Hanno zollte mir Respekt mit High five und mir war schwindelig vor Glück.
Dann fing es wieder an zu schneien und Hanno sagte, dass wir jetzt angekommen seien. Erst da sah ich mich um und stellte fest, dass ich hier noch nie in meinem Leben war. Auf der anderen Straßenseite gab es keine Baustelle, dafür lauter Häuser, die aussahen wie aus dem Märchen, verwunschen und romantisch. Mit Kerzen in den Fenstern und leuchtenden Sternen an den Türen. Und das letzte und schönste Knusperhaus der Straße gehörte natürlich ihnen. Ich konnte mir gleich gut vorstellen, wie die Elfe hier hineinpasst.

Nur, ob ich da hineinpasse, das war mir nicht so klar. Zum Glück hatte ich keine Zeit, darüber nachzudenken. Hedi zerrte mich ins Haus und Hanno durchsuchte gleich in der Küche den Gefrierschrank, bis er im untersten Fach das Eis fand.
Kaktuseis!
Das ist das billigste Eis im Supermarkt, „die volle Chemie- und Farbstoffdröhnung", sagt Jessica immer. Aber ich freute mich trotzdem über das Eis, weil mich wenigstens etwas an zu Hause erinnerte. Dann schleifte Hedi mich durch die Zimmer, bis mir schon wieder schwindelig wurde und Hanno „Stopp!" rief, weil er mir auch etwas zeigen wollte. Nämlich, was er kann und macht, wenn er nicht gerade im Krankenhaus neben seiner Frau am Bett sitzt. Eigentlich dachte ich ja, ich wüsste, was er macht. Hedi hatte mir nämlich schon erzählt, dass ihr Vater Spielplätze baut. Allerdings nur am Computer. Weil Hanno angeblich zwei linke Hände hat. Aber das ist totaler Quatsch! Hanno baut die Spielplätze nämlich sehr wohl selbst. Und zwar in Miniatur. Oh! Mein! Gott! In seinem Arbeitszimmer sah es aus wie auf einem Spielplatz für Winzlinge. Überall standen Teile von Spielplatz-Modellen herum, auf denen Mini-Menschen in Mini-Baumhäusern ihr Mini-Mini-Eis aßen. Und das hatte er alles selbst gebaut! Aber nicht einfach Pi mal Daumen, sondern original im richtigen Maßstab hinuntergerechnet quasi! Ich konnte gar nicht genug gucken, unfassbar war das! Was für eine Arbeit! Und wie hübsch auch. Hedi kannte das natürlich schon und war gelangweilt, aber als sie sich in ihr Zimmer verzogen hatte, zeigte Hanno mir das Modell, an dem er gerade arbeitete, und das Hedi garantiert noch nicht gesehen hatte.

Ich erkannte uns gleich. Obwohl wir so winzig waren.
Und plötzlich hatte ich einen richtigen Kloß im Hals. Fast hätte ich angefangen zu heulen. Weil ich daran denken musste, dass ich in Wahrheit sogar noch kleiner bin als Hannos Figur. So winzig, dass ich verschwinden könnte, und es würde keinem auffallen. Außer Jessica natürlich. Die auch jeden Tag ein bisschen mehr verschwindet.
Doch auf einmal kniete Hanno sich vor mich auf den Fußboden und machte sich ganz klein. Er schaute mich von unten an und sagte: „Egal, was passiert, Gingko. In diesem Haus darfst du immer weinen. Egal weshalb - nur nicht wegen Mathe. Das musst du mir versprechen! Denn die Tränen sind ausnahmsweise wirklich vergeudet. Mathe kann nämlich sehr cool sein. Versprochen?"
Ich schluckte die Tränen hinunter und nickte stumm. Zum einen, weil ich von seiner Ansage so baff war. Zum anderen, weil ich ihn nicht fragen konnte, woher er das wusste, wegen dem Kloß, der mir immer noch im Hals steckte. Und dann fingen wir doch tatsächlich mit Mathe an. Einfach so. Wir rechneten, wie groß ein Mini-Kaktuseis in meiner Mini-Hand sein müsste. Wie viele Schnuller an einen Baum passen würden. Und wie hoch die Chancen im Schnitt sind, als KaPe zu überleben.
Wir rechneten wie die Weltmeister und so lange, bis ich wieder groß war.
Dann weckten wir Hedi, die in ihrem Zimmer auf einem Kissen mit Bäumen über einem Baumbuch eingeschlafen war.

Auf dem Rückweg zum Krankenhaus war alles weiß. Wir verzierten die Straße alle paar Meter mit Schneeengeln. Zu dritt. Ich hab mich mindestens so gut gefühlt wie Einstein, nachdem er seine Megatheorie erfunden hatte. Erleuchtet sozusagen. Nie im Leben hätte ich gedacht, dass es bei mir noch einmal Klick macht.

Und Frau Klemm hatte das wohl auch nicht geglaubt. Denn die war heute baff. Aber so richtig.
„Richard Schätz! Ist das wirklich deine Arbeit?“, fragte sie mich vorhin im Treppenhaus und ich könnte schwören, sie hatte geheult.
Ich dachte an Brunhilde und tat so, als sehe ich das nicht. Und mit einem Blick auf mein Heft ging ich dann ganz lässig darüber weg. Damit ihr ihre Gefühle für meine Mathearbeit später nicht peinlich sein müssen.
„Jepp, das ist meine, Frau Klemm. Ich hab jetzt Nachhilfe“, antwortete ich, sprang die Treppen hinunter und sprintete zur Klinik. Und heute kam ich zum allerersten Mal ganz ohne Panik, mit einem richtig guten Gefühl im Nacken auf der Station an.

Leider ist Hanno noch nicht da.
Trotzdem ist hier schon wieder volles Haus. Diesmal hat Hedi eine Freundin im Schlepptau. Tilda heißt die.
Oh! Mein! Gott!
Zuerst denke ich, die ist von der Station, also auch eine KaPe. Die ist so dermaßen dürr, dagegen sieht Jessica noch dick aus! Aber dann geht die Tür auf und Tildas Mutter kommt herein. Krass! Die ist so dermaßen fett, dass sie kaum durch die Tür passt. Und ich sehe gleich, dass der Tochter das peinlich ist. So peinlich, dass sie sich am liebsten in Luft auflösen will.
Und bald hat sie es ja auch geschafft.

Dann geht die Tür wieder auf und Gerlinde stürmt herein. Sie bringt massig Schneematsch und ihre Wundertasche mit. Sieht sich um, runzelt die Stirn und fängt an, das Fensterbrett mit ihren Tupperschüsseln zu beladen.
„Ein paar Kleinigkeiten nur. Wie sagt ihr noch mal dazu?" Sie sucht nach den passenden Worten. „Also, wenn man das alles so mit den Fingern wegnaschen kann. Fingerfurz? Heißt das so? Ne, was? Na, ich sag Buffet. Kaltes Buffet!"
Ihr Blick wandert auffällig unauffällig vom kalten Buffet zu Hedis Freundin, zurück zu den Schüsseln, weiter zu Tildas Mutter, zurück zum Buffet und schließlich aus dem Fenster. Dort versinkt Gerlinde für einen kurzen Moment im Schneegestöber, um sich dann plötzlich und blitzschnell zurückzudrehen.
„Herr im Himmel, Tilda, bist du das?! Tilda?"
Das unsichtbare Mädchen lächelt schüchtern.
„Hallo Gerlinde, lange nicht gesehen."
Gerlinde runzelt die Stirn. Eigentlich ist sie für eine Oma ja nicht besonders faltig, aber jetzt schon. Sie sieht aus wie ET, wenn er an zu Hause denkt.
„Das möchte ich meinen. Letztes Weihnachten war es, als ihr das Spektakel im Badezimmer veranstaltet habt. Ich hätte schwören können, du hattest damals schon Brüste. Aber da habe ich mich wohl geirrt."
Gerlinde dreht sich zu Tildas Mutter, die immer noch unschlüssig mit ihren Blumen vor Lisbeths Bett steht.
„Ernährt sich Ihre Tochter jetzt etwa auch von Schlüsseln? Also, gesund ist das nicht!"
Und zurück zu Tilda: „Nimm ein Hackbällchen oder zwei. Muss ja nicht sein, dass hier jetzt alle ohne Brüste herumlaufen."

Ich liebe Oma Gerlinde!
Sie ist so unfassbar cool.

NEUN

Hedi ist heute früher da als ich, dabei hab ich Sport geschwänzt und bin im Dauerlauf her. Doch dann fing mich die Glubsch vor Haus sieben ab und das dauerte natürlich.

Auf der Station ist es still, aber das ist zur Mittagszeit immer so. Ich höre nur das Pumpen meiner Lunge und aus manchen Zimmern ein Piepsen von den Geräten. Die Notruflampen über den Türen leuchten mittags fast nie.
Mittags will keiner in Not sein. Die Not kommt immer erst abends. Brunhilde sagt, bei gesunden Menschen kommen Körper und Geist abends zur Ruhe, aber bei KaPes ist das anders. Der Kopf gibt keine Ruhe, die Gedanken drehen und drehen sich so lange, bis mancher daran verzweifelt und durchdreht.
Und das kann verdammt hässlich aussehen. Denn nicht jeder, der randaliert, gibt sich mit einem Loch in der Wand zufrieden.
Deshalb soll ich auch nicht mehr hier schlafen, sondern zu Hause. Ich habe einen persönlichen Betreuer, der morgens und abends nachsieht, ob bei mir alles in Ordnung ist. Ob ich zu essen habe, frische Wäsche, meine Hausaufgaben, blablablubb. Der Betreuer heißt Sven oder Jens und ich kann ihn jederzeit und mitten in der Nacht anrufen, wenn irgendwas ist. Das hab ich aber noch nie gemacht. Dabei ist eigentlich immer irgendwas.

Immer ist da ein echt mieses Gefühl, wenn ich in unsere leere Wohnung komme. Meine Gedanken drehen sich dann nämlich auch. Um das wegzukriegen, mache ich in jedem Zimmer Licht, dann in der Küche das Radio und im Wohnzimmer den Fernseher an. Manchmal wische ich auch ein bisschen Staub oder sauge, damit es aussieht, als hätte ich alles im Griff. Denn wenns nicht so aussieht, kriege ich ein Problem. Dann muss ich in eine Wohngruppe. Das ist so etwas wie betreutes Wohnen, nur nicht für Alte oder Behinderte, sondern für Kinder. Ganz normale Kinder, deren Eltern sich gerade nicht um sie kümmern können, weil sie sich um sich selbst kümmern müssen, hat mir Frau Glubsch erklärt. Frau Glubsch hat mir auch erklärt, dass sie eine Wohngruppe für mich gar nicht so schlecht fände. Und natürlich hat sie auch schon eine im Auge und die würde sie mir wirklich gerne einmal zeigen.
Frau Glubsch ist Sozialarbeiterin in der Klinik und ihr Name ist Programm. Sie hat einen knallharten Röntgenblick und wenn sie den aufsetzt, glubschen ihr die Augen fast heraus beim Seele-Durchleuchten. Zum Glück ist ihr Büro ganz vorn auf dem Klinikgelände in Haus sieben. Aber manchmal kommt Frau Glubsch ohne Voranmeldung einfach so auf der Station vorbei und verwickelt mich in ein Gespräch. Am liebsten in eines über meine Zukunft.
Mit Glubschis Gerede komme ich aber gar nicht klar. Entweder, sie will testen, wie blöd ich bin, oder sie weiß mehr über meine Zukunft als ich. Ich habe jedenfalls überhaupt keine Lust, über meine Zukunft zu reden. Ich habe ja nicht einmal mehr Lust, an meine Zukunft zu denken. Denn immer, wenn ichs gemacht habe, kam zwei Tage später sowieso alles anders. Und meistens – na klar – schlechter.

Deshalb macht mich Frau Glubsch auch fast so aggressiv wie die Neue mit der Brille. Aber heute nicht. Heute bin ich gut drauf. In der Schule lief es nämlich sensationell. Ich war glücklich wegen Mathe. Mike war glücklich wegen Knutschen. Und Emilio war glücklich, weil seine Mutter ihm verraten hat, dass es hier drinnen eine Tischtennisplatte gibt. Ich hab zehn Euro dagegen gewettet, denn wenn sich hier einer auskennt, bin ich das, und eine Platte wär mir unter Garantie aufgefallen. Aber Emilio machte selbst bei zehn Euro keinen Rückzieher, und das gab mir dann doch zu denken, denn Emilio ist schon so ein Geiz-ist-geil-Typ. Außerdem arbeitet seine Mutter als Putzfrau in der Klinik. Und Putzfrauen wissen eine Menge. Mehr weiß eigentlich nur Brunhilde, und deshalb will ich die noch erwischen, bevor Schichtwechsel ist. Aber dann muss natürlich die Glubsch auftauchen, mir den Weg versperren und mir wie immer ein Gespräch aufzwingen! Zur Abwechslung kriege ich heute aber einmal den Mund auf.
„Frau Glubsch", keuche ich, „sorry, aber ich kann grad wirklich nur bis zur nächsten Mathearbeit denken, die hat absolute Prio! Ich befinde mich grade aufm aufsteigenden Ast. Reicht Ihnen das? Hat der Rest meiner Zukunft noch Zeit bis nächsten Dienstag?"
Er hat! Die Glubsch nickt milde und ich spurte auf die Station, aber Brunhilde ist – na klar – schon weg. Und dann seh ich sie. So früh? Scheiße! Das ist kein gutes Zeichen. Mir wird gleich ganz anders.

„Gingko!"
Hedi rennt mir über den Gang entgegen und fliegt in meine Arme. Fast hätte sie mich umgeschmissen, sie ist eine ech-

te Kraftmaschine und ich bin trotz des Zwischenstopps bei der Glubsch außer Puste.
„Na, was ist los? Guck mich mal an!"
Aber ich sehe keine Spur von Tränen in ihrem Gesicht. Warum auch, Lisbeth erholt sich prächtig. Bald wird sie abreisen, so wie Frau Doktor Heidrich abgereist ist. Und ich sollte meine Panik langsam in den Griff kriegen. Ich sollte mich für Hedi freuen. Ich sollte ihr endlich sagen, dass ihre Mutter duftet. Nach Elfe und Mandelöl.
„Gingko, du musst heiraten!"
Alles klar.
Jetzt dreht sie durch. Aber lachen muss ich doch.
„Hast du mit Frau Glubsch über meine Zukunft gesprochen?"
„Was? Nein. Ich hab mit niemandem gesprochen, die schlafen doch alle. Komm mit, ich muss dir was zeigen!"
Hedi zieht mich mit glühenden Wangen in die Teeküche, die jemand mit Weihnachtsdekoration beladen hat. Überall liegen Berge von Nüssen und Tannenzweigen. Da fällt mir ein, dass ich noch immer nicht beim Türken war wegen des Tannenbaums. Das darf ich auf keinen Fall vergessen, sonst sind die Bäume ausverkauft, die Leute stehen auf den Kitsch. Sogar die Türken, die doch gar nicht Weihnachten feiern, mögen die deutsche Besinnlichkeit.
Hedi kramt aufgeregt in ihrem Ranzen.
„Ich hab was geklaut!"
Halleluja! Ich glaub, ich hör nicht richtig! Dafür ist sie eigentlich noch ein bisschen zu jung. Muss ich jetzt etwa den Sozialarbeiter raushängen lassen?
Ich versuche es einmal.
„Okay Hedi, Frage eins: Was hast du geklaut? Frage zwei: Warum hast du geklaut? Frage drei: Brauchst du Geld?"

Hedi lacht. Streng klinge ich wohl nicht gerade.
„Ja, wir brauchen Geld! Für deine Hochzeit. Das muss die beste Hochzeit aller Zeiten werden. Mit DJ und Torte und Luftschlangen und Tauben und allem Drum und Dran. Guck mal!"
Endlich hat sie gefunden, wonach sie gesucht hat. Hedi hält mir einen Stoß Zettel unter die Nase und lacht triumphierend.
Mir wird auf der Stelle schwindelig.
„Wo hast du das her?!"
Zu streng.
Das war zu streng.
Ein unsicheres Lächeln bleibt an Hedis Lippen kleben.
„Aus ihrem Nachttisch. Ich wollte ... ich dachte ... bald ist Weihnachten. Ich dachte, sie hat vielleicht einen Wunsch auf ihrem Zettel."
Bald ist Weihnachten.
Ich habe immer noch keine Socken gekauft. Und auch keine Weihnachtsgeschenke. Mir fällt einfach nichts Gescheites ein. Ich habe keine Ahnung, was Jessica sich wünscht. Das ist die Wahrheit. Und die ist traurig genug. Aber ich heule jetzt auf keinen Fall. Schon gar nicht vor Hedi.
Ich bleibe lässig.
Atmen.
„Jessica hat eine Menge Wünsche. Das letzte Mal waren es noch zehn."
„Jetzt hat sie aber nur noch einen!"
Hedi legt den Stapel Papier auf den Tisch und streicht ihn mit den Händen glatt. Sie geht einen Schritt zurück und macht mir Platz.
Ich will nicht.

Ich will das nicht sehen.
Jessicas Schrift, die jetzt aussieht wie eine krakelige Kinderschrift.
Ich will da nicht hinsehen.
Ich habe gehört, wie der Motor röchelt.
Da ist kein Tiger mehr, der durchs Zimmer springt. Nur noch ein leises Lachen, wenn Carlotta an ihrem Bett sitzt.
Und der Geruch.
Süß.
So süß.

„Sie wünscht sich, auf deiner Hochzeit zu tanzen, Gingko!"
„Das ist kein Wunsch. Das ist ein Wunschtraum. Das bedeutet das Gleiche wie: Ich wünsche mir, dass der Krebs verschwindet."
„Das steht da aber nicht."
„Doch, das steht da!"
„Nein! Da steht: Ich wünsche mir, auf der Hochzeit meines Sohnes mit dem Bräutigam zu tanzen."
„Meine Mutter war immer eine Kitschnudel. Schon vor dem Krebs."
„Das steht dort aber auf jeder Seite! Und es sind viele Seiten."
„Sie tanzt eben gern. Jessica war früher jedes Wochenende in den Clubs."
„Sie will aber mit dir tanzen! Und in einen Club darfst du noch nicht rein."
„Ich bin vierzehn. Ich darf auch nicht heiraten!"
„Du darfst mich heiraten, ich erlaube es. Ich ziehe auch ein Kleid an und sogar einen Büstenhalter!"
„Du hast doch noch gar keinen."

„Ich hab drei!"
„Busen, meine ich."
„Das kann man ausstopfen, dann siehts so aus."
Hedi sieht mich aus ihren blauen Augen erwartungsvoll an. Hinter ihr blitzen goldene Sterne im Neonlicht der Teeküche.

Weihnachtsengel.
Vor mir steht ein Weihnachtsengel.
„Man sollte auch Engeln von Zeit zu Zeit sagen, dass man sie liebt", denke ich. Aber natürlich ist der Engel schneller. Schließlich hat er Flügel. Hedi reicht mir ihre Hände. Und ich halte sie. In diesem Moment weiß ich, dass ich mich nicht wehren werde. Ich werde tun, was der Engel von mir verlangt. Wie könnte es auch anders sein?
„Liebster Gingko, willst du mein Mann werden? Und mich lieb haben, bis dass der Tod uns scheidet?", flüstert Hedi zärtlich. Und meine Antwort ist kurz und klar: „Ja, ich will."

ZEHN

Bis hierhin kenne ich mich aus. Ich hab mich hier eingerichtet. Drei Jahre lang rein, raus. Strahlenklinik, Chemo, Intensiv, Innere, Brustkrebszentrum. Dazwischen mit Jessica daheim. Pflegedienst, Sozialdienst, Gerätedienst. Ich hab Frauen ohne Haare und ohne Brüste gesehen. Alles greifbar.
Aber jetzt wirds kryptisch.
Ich war noch nie auf einer Hochzeit.
Wie sieht sowas aus? Was braucht man da?

Hedi ist Feuer und Flamme. Für sie ist es auch die erste. Aber sie hat schon einen Plan. „Oma Gerlinde einweihen" ist ein Teil davon.
„Die brauchen wir unbedingt! Fürs Buffet. Fingerfurz, du weißt schon."
„Aha. Und was noch?"
„Na alles, aber Musik ist das Wichtigste, deine Mutter will schließlich tanzen! Was hört Jessica denn gerne?"
Problem.
Das könnte ein Problem werden.
„Tja, sie steht auf Metal. Also: Sie stand drauf, früher jedenfalls."
„Metal? Ist das romantisch?"
„Eher nicht. Es ist laut. Und ... schräg?"
„Mein Vater hört Jazz. Das quietscht auch in den Ohren."
„Okay, aber das ist nicht das Gleiche."
„Egal, das kriegen wir schon hin!"
Hedi malt ein Fragezeichen hinter Punkt zwei. Wir haben jetzt auch eine Liste. Seit einer Woche wird sie länger und länger. Und wir gehen sie wieder und wieder von vorne durch. Musik ist erst Punkt zwei. Also weiter.
„Was noch?"
Wir sitzen im Bistro neben der Kapelle. Die meisten Tische sind leer, die Leute haben keine Zeit für halbherzige Besinnlichkeit, sie müssen Weihnachtseinkäufe machen und ihre Knusperhäuschen für die Patienten mit Heimaturlaub oder die mit der Wunderheilung vorbereiten. Jessica wird nicht dazugehören. Offiziell weiß ich zwar noch nichts davon, aber inoffiziell hat sich die Neue mit der Brille verplappert. Denn wenn Jessica nach Hause gehen könnte, dann müssten dort die Leute vom Pflegedienst übernehmen.

Und die haben natürlich überhaupt keine Lust darauf, zu Weihnachten Überstunden zu machen. Und erst recht nicht für die KaPes, die danach gleich wieder in die Klinik müssen. Die Neue hat aber auch keine Lust drauf, die Feiertage mit uns auf der Station zu verbringen.
„Wenigstens an Heiligabend will ich von dem Elend verschont bleiben!", hat sie im Pausenraum über ihrem Dienstplan gejammert. Aber weder Brunhilde noch die zwei jungen Kollegen mit den wilden Frisuren haben Mitleid gezeigt.

Im Hintergrund dudelt Weihnachtsmusik, gerade läuft *Last Christmas*. Dieselbe Version wie heute beim Türken. Natürlich waren die Tannenbäume schon ausverkauft. Bis zum Fest kriege er aber wieder welche, beruhigte er mich, dabei war ich gar nicht aufgeregt. Noch drei Wochen, dann ist es soweit, ein Heiland wird geboren.
Hedi beugt sich über den Tisch zu mir herüber und macht Wellen mit den Augenbrauen. Das kann sie richtig gut. Sieht witzig aus.
„Ich war bei Frau Zisch. Also eigentlich bei Yasemin."
Ich brauche ein bisschen, um wieder den Anschluss zu kriegen.
„Wer ist das?"
„Die Sprechstundenhilfe von Mamas Ärztin. Von der, die das mit dem Krebs herausgefunden hat."
„Und?"
„Es war ihr unangenehm. Dass ich da war. Also der Ärztin. Nicht der Yasemin. Die ist super. Sie hat mir das hier mitgegeben."
Hedi knallt stolz eine Zeitschrift auf den Tisch.

„Was soll das sein?"
„Die zehn besten Tipps! SO wird Ihre Hochzeit zu einem unvergesslichen Erlebnis!"
„Die hättest du auch hier gekriegt. In der Chemo liegt haufenweise solches Zeug rum."
„Auch sowas?" Hedi zieht einen Schein aus der Zeitschrift und wedelt mit einem Zwanziger vor meiner Nase rum.
„Den hat mir Yasemin geschenkt. Für die Deko! Yasemin sagt, Deko ist das halbe Fest. Und Musik ist die andere Hälfte. Yasemin besorgt mir auch ein Kleid. Sie hat nämlich drei Töchter. Und die sind ständig auf Hochzeiten eingeladen. Hochzeiten sind bei den Türken richtig große Partys. Da wird die ganze Nacht getanzt, gelacht und gefuttert. Nicht so steif wie bei uns in der Kirche."
Oh! Mein! Gott!
Daran hab ich überhaupt noch nicht gedacht.
„Wir heiraten aber nicht in der Kirche, oder?"
Hedi überlegt.
Eigentlich sieht sie einer Elfe wirklich nicht besonders ähnlich. Aber die steile Falte auf der Stirn ist original Lisbeth. Ob man bei Jessica und mir noch Ähnlichkeiten sieht? Früher war das so. „Wie aus dem Gesicht geschnitten", haben alle immer gesagt.
„Nein. Oder glaubt deine Mutter an Gott?"
Hm.
„Keine Ahnung. Ich denk nicht. Obwohl, manchmal sieht es schon aus, als ob sie betet. Vor nem Jahr hatte sie sich ne Lungenentzündung eingefangen. Da war es kurz vor knapp, mit Intensivstation, Beatmung und dem ganzen Scheiß. Aber dann hat sie noch mal die Kurve gekriegt. Und danach hat sie mit den Listen angefangen. ‚Weil der da oben mich

noch nicht haben wollte', hat sie gesagt. Das war das erste Mal, dass ich was von ‚dem da oben' gehört habe. Aber vielleicht war das auch nur ein Spruch. In der Kirche waren wir jedenfalls nie."

„Nicht mal zu Weihnachten?" Hedi kann es nicht glauben. „Und was habt ihr an Heiligabend gemacht, bis das Christkind kommt und die Geschenke unter den Baum legt?"

Das kann ich jetzt nicht glauben.

„Also zu uns kam kein Christkind. Zu uns kam der Weihnachtsmann. Und das war ein Freund von meiner Mutter. Pete. Als ich vier war, hab ich ihn erkannt. An seinen Schuhen. Pete trägt immer Springer-Stiefel, egal ob Winter oder Sommer."

„Und? Hast du ihn verraten? Also enttarnt, meine ich?"

„Auf keinen Fall! Pete hat jedes Jahr eine super Performance abgeliefert. Nach der Bescherung ist er abgehauen und fünf Minuten später hats geklingelt und er stand wieder vor der Tür, aber ohne Mantel, Sack und Bart, privat quasi. Er kam also jedes Jahr ganz knapp zu spät, um das Weihnachtswunder mitzuerleben. Und hat immer so getan, als würde er sich tierisch darüber ärgern.

‚Och menno, der Weihnachtsmann ist schon weg? Und vom wem krieg ich dann mein Geschenk?', hat er jedes Mal geheult. Jessica musste ihn trösten, und ich hab etwas Selbstgebasteltes überreicht und Pete hat sich riesig gefreut, aber das war nicht gespielt. Und irgendwann, ich glaub da war ich sieben oder so, hat der Weihnachtsmann einfach von Anfang an auf seinen Bart verzichtet und ist nach der Bescherung gleich zum Essen geblieben."

„War der mit deiner Mutter zusammen?"

„Der Weihnachtsmann?"

„Na, dieser Pete."
„Sie waren schon sehr oft zusammen."
„Ich meine, ob sie verliebt waren."
Puh.
Das habe ich mich auch schon einmal gefragt.
„Könnte sein, dass Pete verliebt war. Aber ich denke Jessica eher nicht."
„Und was macht dieser Pete jetzt?"
„Wie jetzt?"
„Na, ohne euch. An Heiligabend zum Beispiel?"
Gute Frage. Auch die habe ich mir schon oft gestellt. Viel zu oft. So sinnlos.
„Keine Ahnung. Vielleicht geht er ja in die Kirche." Ich grinse, aber Hedi grinst nicht zurück. Sie will wissen, ob ich ihr etwas verschweige. Mache ich aber nicht. Ich habe ausnahmsweise wirklich keinen blassen Schimmer.
„Na was denn, guck nicht so streng. Ich hab gehört, es soll an Heiligabend sehr schön sein in der Kirche."
„Wer sagt das?"
„So ein verrücktes Mädchen, das ans Christkind glaubt und auf Bäumen abhängt. Was für Schuhe trägt überhaupt das Christkind?"
„Na Flipflops natürlich!" Jetzt grinst Hedi.
Hübsch ist sie. Ja doch, das ist sie. Nicht engelhübsch, aber bengelhübsch.
Der Bengel pocht mit dem Stift auf die Liste.
„Zurück zu Punkt drei!"
Ich zucke mit den Schultern.
„Die Location? Ehrlich Hedi, ich weiß nicht mal, ob ich Gott mag."
Punkt drei kriegt sofort einen Haken.

„Kirche kommt für unsere Hochzeit also nicht in Frage. Ich dachte sowieso an unseren Garten. Den wirst du mögen! Der ist romantisch. Vor allem im Frühling. Hier steht: Der Mai ist ein beliebter Hochzeitsmonat. Oder der August. Aber im August ist es vielleicht schon zu heiß. Wir können natürlich auch einen Pool aufstellen. Ein Pool wäre so oder so nicht schlecht. Um die Tanzbeine zu kühlen. Den Garten schmücken wir mit Girlanden, Ballons und Lichterketten. Oma Gerlinde kann ihre Fingerfürze unter einem Pavillon aufbauen. Wir können Waffelherzen backen und Bowle machen. Im Garten steht außerdem mein Lebensbaum. Wir heiraten unter dem Baum oder oben drin, ein Baumhaus gibts nämlich auch. Und auf der Terrasse tanzt du dann mit deiner Mutter den Eröffnungstanz! Liegestühle brauchen wir natürlich! Für Jessica welche mit extra weichen Kissen. Kommst du noch mit?"

Tatsächlich ist mir ein bisschen schwindelig, trotzdem nicke ich. Ich finde es schön, Hedi zuzusehen, wenn sie so ist. „Gut, aber die einzelnen Positionen haben eigentlich noch Zeit. Was wir vorher machen müssen, am besten schon morgen, ist die Gästeliste! Eine Liste vor der Liste! Die ist wichtig, damit ich die Einladungskarten rechtzeitig verschicken kann. Das muss sein, damit sich die Leute den Termin auch frei halten. Ich brauch also die Namen und Adressen von den Leuten, die kommen sollen, Freunde von Jessica, Arbeitskollegen, Nachbarn. Jetzt guck nicht so, Gingko, mehr musst du wirklich nicht machen! Mein Vater kann die Einladungskarten am Computer designen und drucken. Darin ist er ganz groß. Und eine besonders schicke Karte, vielleicht was Selbstgebasteltes, die legst du Jessica unter

den Tannenbaum, dann hat sie was, worauf sie sich freuen kann! ..."
Hedi hört nicht auf zu plappern. Es sieht süß aus, wie sie mit ihrem Bleistift in der Luft wedelt und hinter jedes Wort ein Ausrufezeichen setzt.
Und da weiß ich plötzlich, was ich Jessica kaufe! So eine Winke-winke-Katze vom Asia-Mann. Die sind kitschig ohne Ende und winken den ganzen Tag mit ihrer Tatze, was angeblich Glück bringen soll. Die Katze ist zwar Tineff, wie Gerlinde jetzt sagen würde, aber die zusammen mit der Einladung zu meiner Hochzeit unter dem blinkenden Plastikbaum, das dürfte genau Jessicas Geschmack sein. Und den Rest von Frau Doktor Heidrichs fünfhundert Euro gebe ich der weltbesten Hochzeitsplanerin. Ich will, dass unsere Party ein richtiger Knaller wird. Fingerfood vom Feinsten und Kaktuseis ohne Ende. Nur um die Musik muss ich mich selbst kümmern, mit Jessica und Jazz wird das eher nichts.

ELF

Als ich heute nach Hause komme, lasse ich den Fernseher, das Radio und auch das große Licht aus. Nur in der Küche mache ich die kleine Lampe über der Spüle an.
Ich muss nachdenken.
Ich muss über die Gästeliste nachdenken.
Ich muss über unsere Freunde nachdenken.
Freunde.
Doch, wir hatten Freunde.
Da waren Mandy und Kathleen, Kolleginnen aus dem Salon. „Meine Ladys", sagte Jessica immer und guckte, ob bei uns

noch eine Flasche Sekt kühl stand. Die Ladys saßen ständig hier in unserer Küche. Mandy schnitt mir die Haare. Sie war immer scharf darauf, die neusten Trends auszuprobieren, und ich ließ sie machen. Ehrlich gesagt, gefiel es mir sogar. Ich weiß gar nicht, warum andere immer so jammern wegen des Haareschneidens. Ich mag das, wenn mir einer den Kopf massiert, und bei Mandy mochte ich es besonders. Sie hatte so geklebte Fingernägel, lang und hart. Die kratzten so schön über die Kopfhaut, dass ich gar nicht genug davon kriegen konnte. Von mir aus hätte Mandy auch gar nichts abschneiden müssen, mir hätte allein das Waschen gereicht. Weil sie das wusste, massierte Mandy immer noch extra Spülung ein, bevor sie zur Schere griff. Und wenn einmal was schiefging, blieb ich immer ganz entspannt: Ich dachte, das sind Haare, die wachsen ja wieder. Eigentlich ging auch nur einmal etwas so richtig schief. Da rutschte Mandy nämlich der Aufsatz von der Maschine weg und *zack* hatte ich einen schönen Krater auf dem Kopf, der bis runter auf die Kopfhaut ging. Die Ladys und sogar Jessica haben die Krise gekriegt. Alle drei versuchten, noch etwas zu retten, aber am Ende blieb nichts anderes übrig, als mich überall zu rasieren. Die Glatze stand mir allerdings nicht sonderlich. Alle fanden, ich sähe aus wie ein Nazi oder wenigstens so übel wie die Hooligans aus dem Block weiter vorn, um die man lieber einen Bogen macht, wenn man noch dünn ist und erst zehn. Ich muss zehn gewesen sein und gerade mit der Grundschule fertig. Denn Kathleen meinte: „Na, wenigstens hast du einen ordentlichen Namen, Richard, jetzt noch so einen Kevin oder Taylor-Verschnitt, das wär nicht so prickelnd für den Start an der neuen Schule."

Sie borgte mir ihre selbst gehäkelte Mütze, die ich dann

monatelang nicht mehr abnahm, nicht einmal beim Tischtennis und obwohl es draußen wirklich warm wurde. Nur Mike und Emilio wussten, was unter der Mütze war, hielten aber die Klappe. Freunde eben. Die anderen in der neuen Schule glaubten, dass ich mit zehn schon meinen Style gefunden hatte. Witzigerweise rannten dann im Winter drauf tatsächlich immer mehr Typen, also Männer, plötzlich mit Mützen herum. Die haben die sogar selbst gehäkelt, ich war da voll hip.
Wenn ich heute jemanden mit Mütze oder auch mit Kopftuch sehe, denke ich nie an Mode, sondern immer an Krebs, Chemo, Bestrahlung. Aber man kann das natürlich unterscheiden. Man sieht es eigentlich an Augenbrauen, Wimpern, Haut. Früher oder später. Irgendwas verrät die KaPes immer. Es sei denn, die brezeln sich richtig auf. Das gibts auch. Aber Jessica hat das in der Klinik nie gemacht. Dabei hat sie sich früher gerne angemalt.
Haare geschnitten hat sie zu Hause aber nie. Weil sie nach der Schicht keine Lust mehr auf Haare hatte, nicht einmal auf meine. Sie hatte nur Lust abzuschalten. Besonders am Samstagabend. Der fing fast immer mit Schminken an. Die Ladys haben sich dann hier am Küchentisch zurechtgemacht mit allem Drum und Dran. Was die für Zeug hatten! Das fand ich höchst interessant. Als ich noch richtig klein war, lackierte Mandy mir manchmal auch die Fingernägel, weil ich das schick fand. Später ließ ich mir von ihr dann nur noch die Haare machen. Sechs Leute in unserer kleinen Küche waren samstags Standard. Und während Pete alle unterhielt, kochte Olaf, der schwule Boxer, für uns, bevor es anschließend zum Tanzen ging und ich die Wohnung wieder für mich alleine hatte.

„Aber ohne Knobi." Darauf bestand Kathleen. „Sonst wird das nichts mehr mit mir und den Kerlen."
Kerle.
Ob Kathleen inzwischen einen hat?
Olaf hatte einen gefunden. Das weiß ich noch. Die sind dann zusammen weggezogen. Ins Ausland, nach Frankreich, glaube ich. Olaf hat Jessica Fotos geschickt. Die kamen zeitgleich mit der ersten Chemo. Jessica lag auf der Liege, wo sie das Zeug in sie hineingepumpt haben. Und ihr Handy hat pausenlos vibriert. Ich erinnere mich: Olafs Haus hatte einen Pool und daneben einen Grill. Und Olaf war, na ja, dick war er geworden. Das Boxen hatte er an den Nagel gehängt.
„Zu alt für den Scheiß", schrieb er, und dass wir ihn besuchen kommen sollen. Jessica freute sich, weil Olaf richtig glücklich aussah neben seinem Grill und seinem Kerl. Ich freute mich auch. Auf den Pool. Und auf Olafs Essen.
Nach Frankreich schafften wir es aber nicht mehr.
Jessicas Krebs hat uns ausgeknockt. K.o. in der ersten Runde. Am Anfang schrieben die zwei sich noch wie wild. Aber später, kurz nachdem das mit dem Nachttisch passiert war, hat Jessica auch ihr Handy zertrümmert. Sie hat es mit Karacho gegen den Spiegel im Bad gefeuert. Das tat ihr aber sofort leid. Weil Frau Doktor Heidrich den Spiegel doch brauchte, um in Ruhe ihre Perücken anzuprobieren. Jessica drückte so lange auf den Notrufknopf, der eigentlich nur für Notfälle bestimmt ist, logisch, bis der Hausmeister kam und einen neuen Spiegel anschraubte. Ein neues Handy kaufte Jessica sich aber nicht. Nie wieder.
„Erst, wenn ich hier wieder raus bin!", sagte sie. Und das kam damals noch sehr überzeugend.

Leider durfte ich ihr auch kein Handy schenken. Das fand ich richtig mies. Ich dachte nämlich, ich kaufe mit dem Geld von Frau Doktor gleich zwei, eins für mich und eins für sie, damit sie mich immer erreichen kann. Aber das wollte Jessica auf keinen Fall.
„Wir sehen uns doch jeden Tag. Nichts an dieser beschissenen Krankheit ist so interessant, dass ich dich dafür im Unterricht stören würde."
„Aber die anderen!", protestierte ich. „Die anderen wollen auch wissen, wie es dir geht."
Doch Jessica lachte nur.
„Mir gehts prächtig. Das kannst du allen erzählen. Bald bin ich wieder draußen. Dann können sie mich live und in Farbe zulabern. Und wenns bis dahin was Wichtiges gibt, dann rufen die auch aufm Festnetz an und hinterlassen ihre Message auf dem AB."

Aber auf dem Anrufbeantworter hat nie jemand etwas hinterlassen. Da waren immer nur meine eigenen Sprüche drauf, aus der Telefonzelle der Klinik, weil ich prüfen wollte, ob er überhaupt funktioniert. Im ersten Jahr hab ich Jessica manchmal angeschwindelt und Grüße bestellt. Von unseren Nachbarn oder von Mandy, die ich tatsächlich ein paar Mal getroffen habe, weil die nur ein paar Blöcke weiter wohnt. Aber Mandy war plötzlich immer in Eile.
„Hey Richard, alles klar, ich bin aufm Sprung", rief sie dann schon von Weitem und es war immer haargenau derselbe Spruch.

Von Olaf hab ich auch nie wieder was gehört. Ich hab ihn einmal im Netz gesucht, aber nicht gefunden. Jedenfalls

nicht unter seinem Namen. Aber vielleicht hat er geheiratet und heißt jetzt anders?
Und dann war da Pete.
An Pete denke ich oft. Er war ja nicht nur unser Weihnachtsmann, er war auch den Rest des Jahres unser Freund. Pete findet man allerdings auch nicht im Netz. Weil er damit überhaupt nichts anfangen kann.
„Wen zum Teufel interessiert, was ich zum Abendbrot gegessen habe?“, sagte er immer, wenn die Ladys nach dem Schminken bei uns in der Küche noch schnell Selfies machten und posteten.
„Klaro, wenn ich so blendend aussehen würde wie ihr, dann wär das ne astreine Nummer, aber so halte ich mich da lieber raus.“
Dabei sah Pete gar nicht so schlecht aus. Er hatte Haare bis zur Hüfte und war von oben bis unten tätowiert. Oben fehlten ihm allerdings zwei Zähne. Das war auf einem Metal-Festival passiert, aber Pete nahms gelassen.
„Hat sich gelohnt, Kleiner. Das wirst du später mal checken. Im Leben muss man Prios setzen, das Wichtige vom Unwichtigen unterscheiden. Dem Wichtigen nachgehen, nicht lockerlassen, verstehste? – Verstehste nicht?“
„Mensch, jetzt lass doch den Jungen in Ruhe, Pete!“
Mandy konnte wütend werden, wenn Pete anfing, auf mich einzureden. Aber dieses eine Mal ließ er nicht locker. Er nahm sich noch ein Bier, zog den Hocker heran und los gings.
Genau hier, an unserem Tisch. Auge in Auge war das, und zwischen uns nichts als der Schminkspiegel.
„Also Richy, fangen wir an: Du setzt die Prio! Das ist die Aufgabe. Einfach ausm Bauch raus. Nicht nachdenken! Machen! Verstanden, Richy?“

„Verstanden."
„Bier oder Saft?"
„Saft."
„Schokolade oder Chips?"
„Schoki."
„Jeans oder Leder?"
„Jeans."
„Haut oder Haar?"
„Was?"
„Das heißt: Wie bitte! Also: Worauf fährst du mehr ab?"
„Haut."
„Mutter oder Vater?"
„Mutter!"
„Vergangenheit oder Zukunft?"
„Zukunft."
„Metallica oder Bon Jovi?"
„Keine Ahnung."
„Deine Prio, Richy! Los, du musst setzen! Das ist wichtig jetzt!"
Plötzlich schob Pete den Hocker zurück und sprang durch die Küche wie ein angeschossenes Wildschwein. Mit seinen Zotteln sah er fast gefährlich aus, aber nur fast. In Wahrheit war Pete ein Weichei. Ein liebenswertes Weichei, sagte Jessica immer. Auch seine Zähne hatte er nicht bei einer Schlägerei verloren. Sondern weil ihn beim Konzert einer angerempelt hatte, als er gerade eine Flasche an den Lippen hatte.
„Das ist Pech, aber noch lange kein Grund zum Unglücklichsein", hatte Pete ohne Zähne damals gemeint und, wie meistens, dabei gelacht.
Doch an diesem einen Abend hatte Pete sein Lachen kurz

verloren. Er hat seine Bierflasche in die Spüle geschmissen und gebrüllt:
„Metallica oder Bon Jovi? Also Kleiner, jetzt mach dich verdammt noch mal grade!“
Jessicas Kajalstift legte vor dem Schminkspiegel eine Pause ein. Das weiß ich noch. Auch Mandy und Kathleen waren plötzlich wie eingefroren. Wahrscheinlich, weil sie Pete so noch nie erlebt hatten. Aber dann hab ich die Kurve gekriegt.
Zum ersten Mal war ich lässig.
„Ich mag Horrorfilme.“
„Was?“
„Wie bitte. Das heißt: Wie bitte!“, hab ich Pete verbessert. Und damit hab ich das Wildschwein ausgebremst.
Übrig blieb nur das Weichei. Ein sprachloses Weichei.
„Ich mag Horrorfilme. Ich guck sie heimlich, wenn ihr tanzen seid.“
Jessica sah mich an. Sie überlegte. Dann sah sie wieder in den Spiegel und machte weiter mit ihrem Kajal und Auge Nummer zwei.
„Du bist elf. Und mein Sohn“, stellte sie dabei ganz ruhig fest.
„Du bist elf“, wiederholte Mandy wie ein Echo.
Nur Kathleen fiel was Intelligenteres ein.
„Richard, du bist elf. Mit elf kann man keine Horrorfilme ausleihen.“
Ich war elf. Und extrem lässig.
„Kann man wohl. Sie liegen bei Jessica unterm Bett. In dem braunen Koffer.“
Mandy und Kathleen tauschten Blicke. Ich denke, sie hatten Angst, dass ihre Party mit meiner Beichte schon ende-

te, bevor sie überhaupt angefangen hatte. Nur ich wusste, dass Jessica auf keinen Fall ausrasten würde. Nicht deshalb. Kathleen versuchte, die Situation zu retten, so sozialarbeiterinnenmäßig.
„Meinst du Horror oder vielleicht eher Mystery, Richard? So Richtung Fantasy gibts da ja einiges für Kinder. Mein Neffe guckt auch immer so Zeug mit irgendwelchen Fabelwesen, und der ist grad acht, steht der voll drauf. Das ist aber harmlos."
Das zweite Auge war fertig. Jessica blinzelte und suchte meinen Blick im Spiegel. Dann grinste sie zufrieden, was auch ein bisschen horrormäßig aussah, weil ihr Lippenstift lila war, und bei Lila sehen die Zähne immer leicht gelb aus.
„Harmlos liegt aber nicht in dem braunen Koffer unter meinem Bett, Kathleen. Außerdem ist er mein Sohn. Also, keine Fabelwesen! Wir leben in der Realität. Stimmts oder hab ich recht, Richard?"
„Du hast recht."
„Fantasy oder Mystery?"
„Mystery."
„Mystery oder Horror?"
„Horror."
„Hä?" Pete verstand gar nichts mehr.
„Prio, Pete! Sagst du doch immer. Man muss Prioritäten setzen. Das geht auch mit elf. Es ist nie zu früh für einen guten Geschmack. Stimmts oder hab ich recht, Richard?"
„Stimmt."
„Wo waren wir stehen geblieben?"
„Bei meiner Samstagabendunterhaltung."
„Ah ja, genau – Stephen King oder Richard Bachmann?"
„Hallo?"

Pete stand mit seiner zerschlagenen Flasche an der Spüle und winkte wie ein Ampelmännchen.
„Hallo Leute! Ich war dran! Hier ist die Party! Richy? Unsere Party?“
In dem Moment mischte Mandy sich ein.
„Halt die Klappe, Pete, und lass den Jungen mal! Das ist ein Mutter-Sohn-Gespräch. Das siehst du doch! Da kann man sich doch einfach mal raushalten. Oder wer bist du? Bist du der Vater, oder was? Wer bist du überhaupt?“
Für einen Moment hatte es Pete die Sprache verschlagen. Dann kam er zu uns an den Küchentisch, schnappte sich den Schminkspiegel und warf einen Blick hinein. Schließlich stellte er den Spiegel zurück und sah mich an. Er lachte und sah trotzdem traurig aus.
„Na, was bin ich, Schätzchen? Sag du es mir! Vater oder Freund?“
In unserer Küche war plötzlich Totenstille. Mandy und Kathleen hielten die Luft an. Und Jessica starrte in den Spiegel, als habe sie die Frau darin noch nie gesehen.
Lange musste ich nicht überlegen.
„Du bist der Weihnachtsmann!“, sagte ich, allerdings leise, damit sich in der Stille keiner erschreckt. Doch dann erschrak ich selbst, weil auf einmal alle laut herausprusteten und sich überhaupt nicht mehr einkriegten vor Lachen.
Na klar musste ich mitlachen. Dabei war das gar nicht als Witz gemeint. Ich meinte eigentlich was ganz anderes. Nämlich, dass es nicht darum ging, ob Vater ODER Freund. Weil Pete beides war. Wie bei Stephen King und Richard Bachmann: Zwei Menschen in einer Person. Und mehr sogar! Pete war auch noch John Swithen. Denn Pete spielte den Weihnachtsmann UND den Vater UND den Freund!

Aber er war doch immer dieselbe Person. Eine, auf die ich mich verlassen konnte.

Und das ist die Wahrheit. Ich mochte Pete. Er war ein Freund, er war unser Freund. Vielleicht ist er es noch? Seine Adresse und Telefonnummer liegen in der Küchenschublade. Da, wo auch Mandys und Kathleens liegen.
„Für den Notfall", hat Jessica gesagt. „Falls mal was ist."
Jetzt ist was.
Hochzeit ist.
Nach dem vierten Klingeln geht er dran.
„Jo?"
„Hallo Pete. Hier ist Richy."
„Richy?"
„Der Sohn von Jessica. Ich schmeiss ne Party. Für meine Mutter. Im Frühling. Kommst du?"
Ich kann die Luft hören, die er einatmet, seit ihm die Zähne fehlen, zischt das so. Ich hatte es fast vergessen.
„Richy! Mensch, das ist ja ne Überraschung! Na klar komme ich! Mann, Mann, Mann. Wie gehts Jessy? Ist sie wieder zu Hause?"
„Noch nicht, aber dann. Das wird so eine Art Überraschungsparty. Kann ich dir eine Einladung schicken? Und auch eine für Mandy und Kathleen? Und für Olaf, wenn du ihn siehst? Du siehst ihn doch noch, oder?"
„Jo, äh, ja. Der olle Boxer ist wieder im Land. Französische Küche war wohl nix. Backt jetzt hier kleine Brötchen, wenn du verstehst. Und klar darfst du, Richy! Immer her mit den Karten! Ich mach dir den Postkutscher. Im Frühling, sagst du, soll die Party steigen? Sollen wir dir was helfen? Oder mitbringen? Mach einfach ne Ansage, was du brauchst ..."

Prios setzen. Das hab ich von Pete gelernt.
„Ehrlich gesagt, ich bräuchte mal wieder ne ordentliche Frise. Aber lass mal. Danach frag ich Mandy selber. Die wohnt ja gleich um die Ecke. Da wohnt sie doch noch, oder?"
„Jo, äh, also ja, denke schon. Soweit ich weiß, hat sich da nichts geändert. Aber wir sehen uns jetzt auch nicht mehr so oft. Und sonst? Brauchst du sonst noch was, Richy? Rück raus mit der Sprache! Und sei nicht so bescheiden. Ich hab doch Kontakte. Von wegen Weihnachtsmann und so, der besorgt dir alles!"
Prios setzen. Andere Liste. Punkt zwei.
„Also, okay, Musik wäre nicht schlecht. Wir brauchen einen DJ. Jessica will tanzen. Und ich habs ja nicht so mit der Mucke, das weißt du ja. Metallica oder Bon Jovi, ich höre da keinen Unterschied."
Aber ich höre Pete grinsen.
„Wird gemacht, Kleiner, mit Vergnügen sogar, DJ Pete ist am Start!"
„Gut, dann schick ich dir erst mal die Karten und melde mich dann noch mal. Danke Pete. Du bist ein Freund. Tschüss!"
Am anderen Ende der Leitung höre ich es zischen. Und dann Petes Stimme, die plötzlich heiser klingt.
„Richy? Warte mal, Richy! Bist du noch dran, Richy? Du bist mir doch nicht böse, dass ich mich nicht gemeldet hab, oder? Es tut mir leid. Das ist alles irgendwie dumm gelaufen. Weißt du, mir wird schon kotzübel, wenn ich meine Omi im Altersheim besuche. Krankenhaus und so 'n Kack, das ist einfach nichts für mich. Der Geruch allein. Aber he, sag Bescheid, wenn Jessy wieder draußen ist, ja, Schätzchen? Dann komme ich. Also, dann kommen wir und ma-

chen Party! Okay? Du sagst Bescheid, ja, Richy? Das machst du? Machst du doch wirklich?"
„Klar mach ich das, tschüss Pete."
Ich wische den Schweiß vom Telefon und lege auf.
Metallica zur Hochzeit.
Das ist doch was.
Schön.

ZWÖLF

Die Grünen Damen sind da. Hedi kriegt gleich Gewissensbisse wegen der Aktion mit dem Schnullerbaum. Aber heute ist noch nicht Frühling und die Grünen Damen sind nicht zum Schnullerpflücken gekommen, sondern zum Adventssingen.
Auf der Station duftet es nach Weihnachten, und im großen Gang stehen die Rollstühle im Stuhlkreis. Die dritte Kerze brennt und wir singen.
Jessica hat Tränen in den Augen, und ich bin mir auf einmal mit der Musikauswahl zur Hochzeit nicht mehr so sicher.
Ich gucke ja auch keine Horrorfilme mehr.
Die Zeiten ändern sich.
Die Menschen ändern sich.
Jessica hat sich verändert.
Sie schimpft und flucht nicht mehr. Aber ich weiß nicht, ob mir das gefällt. Von mir aus könnte sie ruhig einmal wieder alle zusammenbrüllen, Nachttische gegen Wände treten oder ihr Spiegelbild zerschlagen.
Ihr Bild.
Ich sehe meine Mutter von der Seite an und dabei fällt mir

auf: Es gibt nichts mehr, was mir an Jessica peinlich ist, peinlich sein könnte. Nicht ihr Tigerlook und nicht ihre dünnen Ärmchen. Nicht ihr freches Mundwerk und auch nicht ihre Listen. Ich finde meine Mutter eigentlich nur noch stark. Richtig stark. Sogar jetzt, wo ihre Lippen anfangen zu zittern. Jessica merkt, dass ich sie beobachte und nimmt meine Hand. Die Grünen Damen singen nun Kirchenlieder, da müssen wir zwei passen. Wir hören zu, wie der Heiland die Himmel aufreißt und uns Trost ins Jammertal schickt oder so. Von Zeit zu Zeit drückt Jessica meine Hand. So, als wollte sie sichergehen, dass ich noch da bin.
Das tut weh und ist schön.

Hedi singt auch nicht mit, sie verteilt Lebkuchenherzen und Zimtsterne, die Lisbeth auf der Station selbst gebacken hat, was eigentlich nicht erlaubt ist, weder versicherungs- noch hygienetechnisch. Aber Brunhilde hat zwei Augen zugedrückt. Überhaupt sind heute alle ganz weich drauf.
Ich auch.
Obwohl ich in der Schule zehn Euro an Emilio zahlen musste. Die Tischtennisplatte gibts nämlich doch. Gleich hinter der Notaufnahme draußen steht so ein uraltes, total vereistes Ding aus der Steinzeit, das ist bestimmt noch älter als Brunhilde. Die hats aber nicht gewusst. Sie kümmert sich ja auch mehr um die inneren Angelegenheiten und davon gibt es zur Weihnachtszeit in der Klinik immer massig. Brunhilde wusste auch nicht, dass ich etwas mit Tischtennis am Hut habe. Am Hut hatte. Wieder am Hut haben werde. Morgen oder übermorgen vielleicht. Denn darauf bestehen die Jungs. Drängen sogar. Mike wäre heute bei-

nahe zum Adventssingen mitgekommen, aber ich habe Hedi vorgeschoben.
„Du hast ne Schnalle in der Klinik?", wollte Mike wissen. Aber er traute sich nicht zu fragen, ob Hedi Patientin sei, dabei brannte es ihm auf der Zunge. Ich eierte ein bisschen herum und hatte wahrscheinlich einen roten Kopf, denn Emilio wedelte lachend mit dem Zehner.
„Da hättest du die Kohle jetzt wohl lieber in einen heißen Kakao mit deiner – wie heißt die Schnalle noch mal – investiert."
„Hedi", murmelte ich und: „Sie ist keine Schnalle, sondern mehr so eine fürs ganze Leben."
Da waren die beiden dann still.

Tatsächlich nehmen die Hochzeitsvorbereitungen mich ganz schön in Anspruch. Aber nicht heute. Das war geblufft. Heute habe ich nur noch einen Termin bei Dr. Asmann. Doch danach bin ich komischerweise immer k.o. Denn Termin bei Dr. Asmann bedeutet eigentlich nie etwas Gutes. Das weiß ich inzwischen. Vielleicht will er mir aber auch nur schonend beibringen, dass Jessica über die Feiertage nicht nach Hause darf. Das hat mir offiziell nämlich immer noch niemand gesagt, dabei weiß ichs ja schon, weil ich die Neue mit der Brille beim Jammern erwischt habe. Also Augen zu und durch.

Ich bringe Jessica zurück ins Zimmer, wo jetzt ein reines Frauenkränzchen stattfindet, weil Hanno noch bis spät in die Nacht arbeitet. Er baut grade einen ganz neuen Spielplatz. Oder er lässt einen bauen, je nachdem. Sein Modell sah jedenfalls sensationell aus. Hanno hats mir bei der letz-

ten Nachhilfe-Session gezeigt, die kurz ausfiel, weil ich im Unterricht jetzt langsam wieder mitkomme. Als er mit mir zum Gefrierschrank ging, dachte ich zuerst, er wolle mir zur Belohnung feierlich ein Kaktuseis spendieren. Ich kam mir total dumm vor und wäre fast wieder geschrumpft. Dabei wollte Hanno mir einfach nur sein neustes Modell zeigen. Und das stand im Eisfach. Denn sein Spielplatz wird komplett aus Eis gebaut! Das ist aber noch nicht einmal das Verrückteste an der Sache. Verrückt ist, dass der Eis-Spielplatz nicht für Kinder, sondern für Erwachsene gedacht ist, damit die sich auch einmal austoben können.
Verkehrte Welt.
So heißt ein Spiel. Das haben wir in der Grundschule immer gespielt. Dabei läuft nichts wie normal, sondern alles genau verkehrt herum. Wie bei uns. Die Erwachsenen gehen auf den Spielplatz und die Kinder zum Termin. Hedi liest Weihnachtsgeschichten vor, und die Mütter machen ein Schläfchen. Das Adventssingen hat Jessica geschlaucht. Sie nickt gleich bei Hedis ersten Sätzen ein. Hoffentlich kommt Carlotta später, sie ist im Moment wahrscheinlich die Einzige, die Jessica ein Lächeln entlocken kann. Wobei Jessica genau in diesem Augenblick ungewöhnlich und extrem entspannt aussieht. Meine Mini-Mutter liegt mit offenem Mund in ihrem Riesenbett, hat die Hände über den bunten Quadraten gefaltet, als ob sie beten würde und träumt offensichtlich etwas Schönes. Sie sieht aus wie eins von den Babys aus Haus zweiundzwanzig: zufrieden und zart. Und sehr verschrumpelt.

Ich schleiche mich leise zur Tür hinaus und zu Dr. Asmann ins Büro hinein, denn wie immer ist unser Termin natürlich geheim.

Für einen Geheimtermin ist hier heute allerdings sehr viel los! In Dr. Asmanns Büro warten außer ihm schon Brunhilde, die Glubsch und noch eine Frau, die ich nicht kenne, auf mich.
Die Frau, die ich nicht kenne, sieht aus wie eine Porzellanpuppe. Sie stellt sich als Schwester Ines vor.
Als Schwester Ines vom Palliativdienst.
Jessica ist ihre Patientin.
Behauptet Schwester Ines vom Palliativdienst.
Mir ist das neu.
Schwester Ines vom Palliativdienst lächelt und lächelt und erklärt mir, dass sie heute Morgen schon ein Gespräch mit meiner Mutter hatte.
Auch das ist mir neu.
In diesem Gespräch hätten sie zusammen beschlossen, dass es nun an der Zeit sei, Jessicas Koffer zu packen. Damit alles für die Reise vorbereitet sei.
Schwester Ines vom Palliativdienst spricht überdeutlich und mit wenig Spucke. Ich kann die Bläschen in ihrem Mund platzen hören. So wie bei der Frau aus der Fernsehwerbung, Make-up oder Duschgel, ich weiß nicht mehr genau, die spricht jedenfalls auch so. Klebrig.
Trotzdem gebe ich mir Mühe.
Aber ich verstehe wirklich nur Bahnhof, Reise, Koffer.
„Wo fahren wir denn hin?“
Ich habe nicht den Eindruck, dass die Porzellanpuppe meine Frage gehört hat, sie reagiert mit keinem Wimpernschlag. Deshalb suche ich Hilfe bei Brunhilde. Doch auch die bleibt stumm. Sie nimmt meine Hand und überlässt Dr. Asmann das Reden.
Ich mag Dr. Asmann. Er spricht klar und deutlich und immer

so, dass ich alles verstehe. An Dr. Asmann klebt nichts, kein Mitleid und keine Versprechen. Außerdem ist seine Stimme total angenehm. Irgendwie warm, wenn man friert und kühl, wenn man ins Schwitzen kommt. Immer, wenn ich ihm zuhöre, denke ich als Erstes, dass Dr. Asmann mit der Stimme bestimmt auch ein guter Mathelehrer geworden wäre. Und heute wünsche ich es mir sogar. Dass da mein Mathelehrer sitzt und mir mit seiner schönen Stimme Ungleichungen erklärt. Die doch genauso wie Gleichungen funktionieren, das gleiche Rechenprinzip. Außer, wenn man sie mit einer negativen Zahl multipliziert. Ja, dann tauschen sich kleiner und größer oder kleiner als und größer als gegeneinander aus.

Aber leider erklärt mir Dr. Asmann keine Ungleichungen.

Dr. Asmann erklärt: „Palliativ bedeutet austherapiert, Richard. Palliativpatienten sind also Patienten, deren Krankheiten wir Ärzte nicht mehr heilen können. Schwester Ines und ihr Team bemühen sich dann, diesen Menschen eine möglichst gute noch verbleibende Zeit zu bereiten. Zu diesen Menschen gehört jetzt auch deine Mutter. Wir haben Jessica heute früh eine Schmerzpumpe gesetzt, Richard. Das ist ein kleines Gerät an ihrem Bauch, mit dem sie sich Schmerzmittel geben darf, wenn sie es möchte. Ich habe die maximale Dosis selbst eingestellt. Sie liegt schon relativ hoch. Damit sollte sie gut über die Feiertage kommen. Das Morphium macht sie zwar müde, aber sie bleibt garantiert schmerzfrei. Ich bin der Ansicht, deine Mutter soll nun keine Kraft mehr für einen Kampf aufwenden müssen, den sie nur verlieren kann.“

Dr. Asmann sieht aus dem Fenster.

Draußen schneit es.

„Noch ein Woche, dann wird der Heiland geboren“, denke ich. Der Retter.
„Was ist mit einem Wunder? So wie bei Frau Doktor Heidrich?“
Dr. Asmann dreht sich zu mir. Er versteht mich nicht.
Jetzt hilft Brunhilde.
„Annelie Heidrich. Sie lag mit Richards Mutter zusammen in Haus zweiunddreißig. Zervixkarzinom T drei oder vier.“
Brunhilde sieht mich an. Drückt meine Hand.
„Frau Doktor Heidrich ist tot, Richy.“
„Nein, das ist sie nicht“, protestiere ich. „Frau Doktor und ich sind zum Kaffee in der Villa Marie verabredet! Sie wurde entlassen! Ich habe ihren Koffer selbst zum Taxi getragen!“
Die Porzellanpuppe freut sich über den guten Jungen, oder was weiß ich, warum sie schon wieder lächelt. Brunhilde lächelt nicht.
„Annelie Heidrich hat sich selbst entlassen, Richy. Sie hat sich gegen eine weitere Behandlung ausgesprochen. Und das hat sie ganz bewusst so entschieden. Frau Heidrich hat die Strahlentherapie damals abgebrochen, weil sie die letzten Monate zu Hause und mit ihren Freundinnen verbringen wollte. Sie war eine sehr kluge Frau. Ich mochte sie auch, Richy.“
„Können wir jetzt zur Sache ...?“ Die Glubsch wird nervös. Wahrscheinlich hat sie noch irgendwo einen Zukunftstermin.
„Deine Mutter, Richard. Wir wollen mit dir über deine Mutter sprechen.“
„Stirbt sie?“
Dr. Asmann setzt sich wieder hinter seinen Schreibtisch. Auge in Auge.

„Ja, Richard, sie stirbt."
„Jetzt?"
„Das wissen wir nicht. Wir wissen nie genau, wie viel Zeit noch bleibt. Das kann länger dauern oder auch sehr schnell gehen. Deshalb ist es wichtig ..."
„... rechtzeitig den Koffer zu packen!", fällt die Porzellanpuppe ihm ins Wort.
Dr. Asmanns Augen sind blau. Bohrendes Blau. So wie bei Hedi. Die Puppe senkt ihre Lider und schließt ihren Mund.
„Das Kofferpacken ist nur ein symbolisches Bild, Richard. Es bedeutet, bereit zu sein für die letzte Reise. Jetzt die Dinge zu erledigen, die man noch erledigt wissen möchte."
Frau Glubsch übernimmt ungeduldig.
„Und genau darüber hat Schwester Ines heute Morgen bereits mit deiner Mutter geredet, Richard."
„Sie hat eine Liste."
„Was für eine Liste?" Frau Glubschs Röntgenblick ist jetzt fast zärtlich.
„Mit Dingen, die sie noch machen möchte, bevor sie stirbt. Sie liegt in ihrem Nachttisch. – Hat meine Mutter Ihnen die Liste gezeigt, Schwester Ines vom Palliativdienst?"
In Dr. Asmanns Büro ist plötzlich Stille.
Peinliche Stille.
Ich weiß, warum.
Ich bin vierzehn Jahre alt und dein Sohn.
Ich kenne dich. Hast du nicht. Garantiert nicht.
„Äh, nein, also, nein, von einer Liste hat sie jetzt nichts erzählt." Die Porzellanwimpern klimpern nervös. Glubschi versucht, der Puppe zu helfen.
„Aber deine Mutter hat lange mit Schwester Ines gesprochen. Im Vertrauen gesprochen, Richard!"

„Worüber haben sie gesprochen? Über die Hochzeit?"
„Was für eine Hochzeit?"
„Über den Tanz mit dem Bräutigam?"
„Ich verstehe dich nicht, Richard. Kannst du dich bitte deutlicher ausdrücken?"
„Dann hatte Jessica auch kein Vertrauen zu ihr."
Frau Glubschs Röntgenblick schärft sich. Und auch ihr Ton.
„Sie haben über dich gesprochen, Richard. Über deine Zukunft!"
Dr. Asmann erhebt sich wieder. Die Frauen verstummen.
„Die Sache ist die, Richard: Palliativpatienten liegen eigentlich nicht hier auf der Station. Entweder sie verbringen ihre letzte Zeit zu Hause bei ihren Angehörigen und werden dort vom Palliativdienst betreut. Oder sie gehen in ein Hospiz."
„Meine Mutter will nicht ins Hospiz!"
„Ich weiß." Dr. Asmann nickt.
„Aber daheim ist niemand, der deine Mutter betreuen kann", haucht die Porzellanpuppe lächelnd.
Sie soll damit aufhören! Sofort! Sonst schreie ich!
„Ich kann das! Ich kann das machen!"
Das war ein leiser Schrei. Zu leise.
„Du bist ein Kind, Richard. Normalerweise kümmern sich Mütter um ihre Kinder, nicht umgekehrt."
Verkehrte Welt.
Frau Glubsch kennt das Spiel nicht.
„Aber ich kann das!"
„Das wissen wir, Richy."
Brunhilde beherrscht die Spielregeln.
Ihre Stimme streichelt mich. Genau wie ihre Hand.
„Aber du bist trotzdem noch ein Kind!", nimmt die Glubsch den Faden wieder auf. „Das sagt auch Herr Breitner."

„Wer ist Herr Breitner?"
„Jens Breitner? Dein Sozialassistent?"
Jens oder Sven, ich habs jedes Mal wieder vergessen.
„Herr Breitner sagt, dass du selbst eure Wohnung noch gut in Schuss hältst. Beinahe zu gut für ein Kind in deiner Situation. Ein Kind, das jetzt dringend entlastet werden muss …"
„Ein Kind, auf das deine Mutter sehr stolz ist! Und stolz kann sie zu Recht sein, Richard."
Dr. Asmanns Blick ist entschlossen. Seine Stimme auch.
Freund oder Feind?
Von rechts klimpern die Porzellanwimpern. Ich muss daran denken, wie ich in der Schule ausgerastet bin und Mike die Kopfnuss verpasst habe. Wie das wohl aussehen würde, so eine Porzellanpuppe mit Sprung. Aber Schwester Ines vom Palliativdienst kann keine Gedanken lesen. Sie klimpert weiter.
„Das stimmt, Richard. Das hat mir deine Mutter heute selbst gesagt. Und sie hat auch gesagt, dass sie dich über alles liebt. Dass ihr einziger Wunsch ist, dass es dir gut geht. Dass du bei Menschen bist, die dich lieb haben, und die sich um dich kümmern. Dass du nicht alleine bist, wenn sie auf die Reise geht."
Dr. Asmann hat keine Kraft mehr. Er lässt sie einfach reden.
Feind.
„Sie verreist aber nicht!"
Ich will plötzlich unbedingt, dass sie es ausspricht! Sie soll das Wort sagen. Jemand soll es sagen!
„Wenn sie …" Die Porzellanpuppe kämpft.
„Von einer Reise kommt man zurück!"
„Sie wird nicht zurückkommen, Richard."

Dr. Asmann sieht wieder aus dem Fenster. Draußen ist jetzt alles Weiß in Weiß.

Ich klettere barfuß auf den Schnullerbaum.
Ich habe nichts mehr. Nicht einmal Flipflops.
Ich friere nicht.
Unten stehen die Gaffer.
Mir egal. Ich guck die gar nicht an.

„Weißt du, Richard, deine Mutter wird nie ganz weggehen. Sie wird bleiben. In deinem Herzen, in deinen Erinnerungen. Aber sie wird sterben, ja, das wird sie, Richard."
„Vor Mai?"
„Wie bitte?"
„Wird sie sterben, bevor Mai ist?"
„Wie Dr. Asmann schon gesagt hat, das können wir nicht so genau …"
Jetzt schleudere ich die Blitze. Mit aller Kraft. Ich kann das! Ich hab das von Hedi gelernt. Das Porzellanpuppengesicht splittert.
„Ja, Richard. Ja. Fünf Monate wird sie nicht mehr schaffen." Dr. Asmann redet klar und deutlich. Ich verstehe jedes Wort.
„Aber die Feiertage wird sie auf jeden Fall überleben. Lisbeth Wilps wird nächste Woche ebenfalls entlassen. Sie und ihr Mann laden dich und deine Mutter ein, das Fest gemeinsam mit ihnen in ihrem Haus zu verbringen. Und darüber hinaus auch die Zeit, die euch noch verbleibt. So bleibt deiner Mutter das Hospiz erspart. Und was deine Zukunft betrifft, dafür finden wir auch eine Lösung. Frau Glubsch ist bereit, die Idee mit der Wohngruppe zu den Ak-

ten zu legen. Aber darüber reden wir, wenn es soweit ist, gut, Richard?“
Draußen hat es aufgehört zu schneien.
„Ein größeres Geschenk können wir dir dieses Weihnachten leider nicht machen, Richard. Es tut mir sehr leid.“
„Brauchst du eine Pause, oder kannst du noch, Gingko?“
Brunhildes Stimme pumpt mir die Schmerzmittel direkt ins Blut. Maximale Dosis. Ich bin auf einmal sehr müde.
„Ich kann noch, wenn du meine Hand nicht loslässt“, flüstere ich.
Und klettere weiter.
Die Stimmen werden oben leiser.
Das weiß ich.
Ich habe schon so oft da oben gesessen.
Mit Hedi zusammen. Haben wir in den Bäumen gehangen.
Dem Himmel so nah.

EPILOG

„Was tust du da?“
„Ich schreib meine Liste.“
„Wie viele Punkte hast du schon?“
„Einen.“
„Wetten?“
„Wie viel?“
„Zehn Euro!“
„Schieß los!“
„Tanzen?“
„Falsch! Baum pflanzen.“
„Was?“
„Das heißt: Wie bitte. Und das nächste Mal darfst du gerne anklopfen, bevor du in mein Zimmer kommst!“
„Wie bitte?“
„Das hab ich gelesen. In einer von Gerlindes Zeitschriften. Da stand: Ein Mann muss in seinem Leben drei Dinge tun: Ein Haus bauen, einen Sohn zeugen, einen Baum pflanzen.“
„Wieso einen Sohn? Wieso keine Tochter?“
„Du fragst Sachen. Keine Ahnung, vielleicht weil der, ders geschrieben hat, Angst vor Mädchen hat.“
„Und was ist mit dem Haus? Wirst du eins bauen?“
„Mal sehen, vielleicht ein Baumhaus für meine Schwester.“
„Ich hab aber schon eins.“
„Das ist zu klein. Du bist gewachsen.“
„Und was soll das mit dem Baum? Weshalb soll ein Mann einen Baum pflanzen?“
„Sag dus mir! Du bist das Baummädchen.“
„Weil sie schön sind? Und stark!“
„Kluges Kind.“

„Verarsch mich nicht!“
„Das ist mein Ernst. Ich hab das gleich gedacht, als ich dich zum ersten Mal gesehen habe.“
„Was hast du noch gedacht?“
„Dass du verdammt gut klettern kannst mit deinen kurzen Stumpen.“
„Gingko!“
„Und das wollte ich dich schon die ganze Zeit mal fragen. Wo der Gingko herkommt.“
„Na, vom Gingko eben. Der Baum, du siehst aus wie ein Gingko.“
„Wie sieht ein Gingko denn aus?“
„Echt jetzt? Du kennst keinen Gingko? Guckst du denn keine Karate-Filme?“
„Weniger. Aber vielleicht hab ich ja schon mal auf einem Gingko gesessen? Mit einem kleinen, frechen Mädchen in Flipflops?“
„Quatsch, das war eine stinknormale Platane.“
„Sicher?“
„Aber sowas von! Davon standen hier fünf Stück im Wendehammer. Die hab ich geliebt!“
„Und wo sind die hin?“
„Keine Ahnung, die wurden abgeholzt für die Pralinenhaussiedlung.“
„Dann pflanz ich einen neuen Baum für dich. Aber einen Gingko! Oder wächst der nur in China?“
„Kommt drauf an. Der Gingko ist robust, wenn du den über die Startphase kriegst, kann ihm eigentlich nichts mehr passieren.“
„Okay, verstehe, dann passts ja.“
„Man kann auch Tee draus machen.“

„Hör mir auf mit Tee!"
„Ehrlich, der ist gut fürs Gehirn! Mama hat ein Buch darüber geschrieben."
„Übers Gehirn?"
„Ne, über Tees. Und wie sie den Menschen glücklich machen."
„Na ja. Klingt jetzt nicht so prickelnd."
„Hat sich aber gut verkauft. Trotzdem sagt Carlotta, sie soll sich mal an was anderes wagen. Früher hat Mama dann immer geantwortet, sie hat nichts zu erzählen."
„Aber jetzt schon, oder?"
„Hast du ihre Liste gesehen?"
„Na klar, ich bin ja nicht blöd. Jessica hat auch immer alles in die Küchenschublade gestopft."
„Es steht nur ein Punkt drauf."
„Und wer soll dieses Buch lesen?"
„Keine Ahnung. Ich schätze, das Wichtigste ist, sie schreibt es."
„Was für eine kluge Schwester ich doch hab."
„Komm endlich, deine Liste hat noch Zeit!"
„Hat sie nicht, ich muss an meine Zukunft denken."
„Papperlapapp, du musst jetzt Mamas Waffeln essen, das ist alles!"
„Na gut. Überredet."
„Gingko?"
„Was denn?"
„Bist du noch sehr traurig, dass es mit unserer Hochzeit nicht mehr geklappt hat?"
„Nein Hedi. Das ist okay. Ich lieb dich auch so."